地球上唯一的韓亞

지구에서 한아뿐

鄭世朗——著

胡椒筒——譯

目錄

CONTENTS

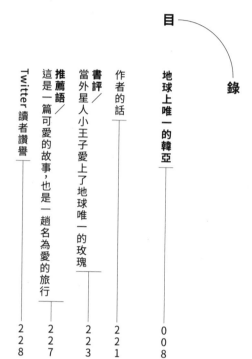

此書獻給我的母親金尚順和父親鄭泰合。

看來我始終沒中樂透的原因，

是因為成為了你們的女兒，來到了這個世界。

1

所以說，有別於很多人的推測，發生這一切絕對與韓亞的外貌無關。

雖說韓亞是那種會讓人莫名其妙產生好感的人，但這只限於平日下午兩點的地鐵六號線裡，假使是通勤時間的二號線，絕對不會有人注意到她。韓亞從未因為路人跟自己搭訕而感到人生疲憊，她本人也很慶幸這一點。

半年也不剪一次的亂蓬蓬的髮型，親手織的毛衣和走路時隨意搖擺的長裙，韓亞這身打扮正是她的小店所在的西橋洞的氛圍。韓亞走在路上總是一臉放空，彷彿要是沒人叫住她，就會錯過公車站或地鐵站。

韓亞的活動範圍在西橋洞附近。大家都以為她從服裝設計系畢業後會出國留學，但她沒有，她用存下來的錢逛遍了世界各地的跳蚤市場。從巴黎的聖圖安跳蚤市場開始，經過布魯塞爾、大馬士革、伊斯坦堡、布達佩斯、耶烈萬、亞斯文、孟買、喀什、北京、京都和紐約，最後回到韓國。她在每座城市把旁人眼中五顏六色的垃圾布料和輔料[1]打包郵寄回國，此後便再也沒有出國了。韓亞根本不喜歡旅遊，而且隨著復古文化在韓國落地生根，她更加覺得沒有出國的必要。韓亞整日都待在店裡，埋首於幫助那些被丟棄又撿回來的物品「重獲新生」。

在這條重獲新生的大道上，韓亞的小店卻位於人跡稀少、略顯寒酸的石造建築一樓。雖然踏入縫紉領域已有很長一段時間，但韓亞做的與其說是縫紉，不如說是回收再造。從廣義層面來看，韓亞希望透過一技之長為地球做些什麼，所以「重生——愛護地球的服裝店」的招牌才會讓人覺得有些模稜兩可。她為了努力解釋快時尚正以何等奇異且暴力的方式破壞環境，還準備了宣傳手冊放在窗邊，但沒人拿來看，上面已經落滿了灰。牆上還貼有一張手寫小海報：「為您喜歡的舊衣重獲新生」。韓亞的小店完全靠客人的口碑在維持生計，而且得益於長居海外的房東忘記漲房租，才一直沒有倒閉。

「啊，我是聽朋友介紹……」

1　主面料以外的輔助材料，具連結、裝飾功能，如拉鍊、鈕扣、蕾絲花邊等。

大部分走進店裡的客人都會這樣開口，然後韓亞會伸出手來。

「您帶來什麼衣服呢？」

「都是我女兒的衣服。其他衣服都送人了，每年只留了一件她特別喜歡的。不久前她做了手術，心裡很難過，雖然不是什麼大手術……我想用這些衣服做點什麼，為她加油打氣。」

「您女兒一定會很喜歡這份禮物。我來構想一下，過幾天再聯絡您可以嗎？」

說好聽一點，這算是很私人的一家店。說難聽一些，這家店的生產效率很低，完全背離了時代。因為難以掌控工作時間，韓亞把部分空間讓給了東洋畫系畢業的好友柳利。柳利幫忙負擔了三分之一的房租，她在大桌子的另一頭進行個人創作，或在竹纖維製成的T恤上畫蘭花和鳥，做為商品出售。這些商品也吸引了一些客人，畫有梅花和牡丹花的帆布鞋更是搶手。韓亞和柳利埋頭做著各自的工作，如果有人先用絲毫不在調上的音哼唱起熟悉的歌，另一個人便會加入合唱。若是都不熟悉的新歌，她們也會一起哼唱副歌，接著放聲大笑。僅約十二坪的狹小空間裡總是充斥著笑聲、灰塵、香草和香氛蠟燭的香氣，以及縫紉機和空氣清淨機的運轉聲。店內特有的氛圍為客人留下深刻的印象。雖然大家都很期待韓亞有朝一日能推出自己的服飾品牌，但她最後還是違背了眾人的期待。儘管如此，她還是很幸福地在這間小店裡工作著。

原以為會平穩地持續下去的幸福，卻在最近像從排水口溜走了一樣消失得無影無蹤。上午的二號線地鐵裡，韓亞看起來並不幸福，她一臉摸不著頭緒的表情盯著地鐵裡的廣告。那不是一般的廣告，而是特定的廣告，是一張看似完全與韓亞無關的國家安保宣傳海報。

一丁點外洩，也能讓白頭大幹[2]崩塌——阻止間諜與商業間諜。

——國家情報院

韓亞就像注視著命運的指針那樣，盯著那張字體氣勢逼人的海報好幾分鐘。人們回頭偷瞄韓亞，但誰也不會想到，她會在弘大入口站的公用電話撥打舉報間諜的專線「一一

2　白頭大幹（백두대간）指由白頭山到智異山的山脈，被視為朝鮮半島的脊梁。

一」。韓亞不敢用私人號碼打舉報電話，因為連她自己也充滿了不確定。

「我的男朋友……很奇怪。」

韓亞努力挑選著合適的用詞，卻找不到比「奇怪」更貼切的形容詞。

「是哪種意義上的奇怪呢？」

「似乎……很危險，感覺再這樣下去會出事。」

韓亞突然莫名地很想哭。那種情緒就像胃酸一樣逆流而上，但她必須克制住。

「請您冷靜一下，仔細說明一下情況。」

「就是……三個月前……」

2

三個月前。

韓亞正在為揹著大背包、興奮不已的京旻送行。雖然兩人同歲，但不知是因為天生的遺傳基因還是選擇的生活方式，京旻看起來更加年輕。京旻有著一張尚未熟透的香瓜般的童顏，認識他的人都很好奇他能維持這種狀態到什麼時候，當然其中一部分人是出於單純的好奇，另一部分則是抱著看好戲的扭曲心態。紫外線對京旻格外友善，就連風也會像是為了討好他而吹。京旻從來不分髮線，也不會穿燙出稜角的衣服，他總是穿著領口和袖口都磨破的棉襯衫搭口袋破洞的軍裝褲，腳踩一雙看起來穿了多年的登山鞋。無論從好壞的各種意義來看，京旻都像個少年，而且似乎能永保青春。

「對不起，我不能去機場送你了。」一點也不覺得抱歉的韓亞說道。頻繁的送行早已抵銷了不捨之情。

「沒關係，我很快就會回來。那裡一定很棒，這一天我等了好幾年，好幾年啊！」

韓亞心想：你同時間在等的事情也太多了吧，根本沒在專心等這一天啊。她漫不經心地嘟噥了一句：「我也好想看流星雨哦。」

剛交往沒多久時，韓亞和京旻一起看過流星雨。他們好不容易找到一處沒有路燈的空地，躺在冰冷的地上，仰望那一道道白而短、速度快到視線根本無法追隨的流星畫過夜空。韓亞記得當時比起感嘆眼前的景觀，更令她感嘆的是京旻的感嘆。為什麼會有一種像是消化不良的失落感呢？韓亞努力尋找原因。難道是因為原本打算一起利用暑假做些什麼，京旻卻沒跟自己商量就擅自作了決定？

「那一起去嘛，我也想跟妳一起看流星雨。未來會有很長一段時間不會再有這種機會的，關門休息幾天不也很好嗎？」

「我不能突然說走就走，遵守與客人約定的時間對我來說非常重要，雖然你好像不太能理解。」

「我理解，我怎麼會不理解？但要是能一起去就好了。」

雖然京旻這樣講，韓亞卻在心裡暗暗反駁：你不理解。更令韓亞心煩的是，越來越多事情只能憋在心裡，以及頻繁地使用連接詞「但是」。難道是在一起太久了？套句柳利的話就是，你們是一對交往時間「拖太久」的情侶。柳利曾單刀直入地問韓亞，你們是不是因為害怕，才不敢分手？

「一路順風。回來後再多告訴我一些那裡的故事吧。」

此時必須有人主動結束這場歹戲拖棚的送行，然而這個任務總是落在韓亞身上。京旻把韓亞這句話當成出發信號，在她額頭上輕吻一記後，立刻調頭就走。與其說那是一個吻，不如看成是短暫的碰觸，那碰觸比「Kiss」的發音都還要短。韓亞感受到「碰觸」的同時，京旻已經朝另一個方向走掉了。

他要是能回頭看我一眼，該有多好。

雖然京旻經常出國，但韓亞記得當時確實感受到了某種不安。

韓亞很晚才到店裡，心情稍微好了一些。她把縫紉機周圍的碎布和線頭清乾淨，把店裡的灰塵擦了一遍。雖然韓亞嘴上抱怨縫補這些舊布料時吸了太多灰，但還是覺得比新衣服散發出的濃烈氣味好聞。韓亞用力擦著柳利座位附近的顏料和墨跡，但很難擦乾淨。即使打掃了一個多小時，看上去並沒有多大變化，雜亂無章正是這間店的魅力所在。韓亞回到自己的座位時，柳利一臉憔悴地走進來，看來她又沒睡好了。柳利已婚，丈夫在經營建造被動屋[3]的企業，所以一個星期有一半時間都留守在施工現場。柳利一個人在家時會通宵打電動，她那擅於使用毛筆的細長手指打起電動來，可是相當的靈活。

柳利沒注意到自己的座位變乾淨，邊沖咖啡邊問：「京旻去加拿大了？」柳利從一開始就不太喜歡京旻，即使認識很久了，但為了保持距離，柳利始終對京旻使用敬語。

「嗯，他說在加拿大才能看清滿天的流星。」韓亞的口吻略帶防備，她也不知道為什麼要替京旻辯解。

「妳男朋友什麼時候才能懂事啊？哪有人一存夠了旅費就辭職的。」

「是啊，所以他才會一直選擇那種能輕鬆辭職的工作。」

「他的上上份工作不就是因為工作態度不認真，結果被開除了嗎？沒有工作倫理的人，在其他方面也會很糟糕。我是認真的。」

「亞洲人做事都太認真了，如果考慮到這一點，他應該算是地球人的平均值吧……等他找到自己喜歡的工作就會改變了吧。」

「妳是他媽嗎？打算一直等到他開花為止？」

「哎，我在別人眼中也不是活得多了不起啊，起初我也是欣賞他這一點。我不是愛冒險的人，喜歡待在舒適圈，就當作京旻是替我去冒險了，看他到處走跳，也算是一種代理滿足……生活不就是這樣互補的嘛。」

「妳不覺得你們很不合拍嗎？」

「雖談不上很合拍，但我很喜歡他，真的很喜歡他，從二十歲就喜歡他了。別看他總是突然跑出國，但總能歡天喜地地回到我面前。這些年，我好像成了他的基地營……不過我是無所謂。」

「妳喜歡的話，我也無話可說，但我是妳的好朋友，還是希望妳能跟更疼愛妳的人在一起。我始終覺得，只有一方成為基地營的關係存在著平衡的問題，就算看起來自由，至少也要有一定的安全感吧。京旻讓人覺得沒有安全感。哎，也許是我太保守了。」

柳利沒再多說什麼，但這樣的對話每隔幾天就會重複一次。韓亞摸了摸縫紉機旁的手機，還以為京旻登機前會打個電話來，但手機鴉雀無聲。飛機此時早已飛過日本領空了。

3 建築設計會加強建築外部的隔熱，以減少室內冷暖氣的使用。

「有時候，我也覺得好累。京旻一出國就連通電話都沒有，手機兩天不充電也是常有的事。搞什麼，難道我又要適應這種情況！」

即使韓亞知道柳利會把這件事記在心裡，日後見到京旻時會表露不滿，但還是忍不住發洩了不滿的情緒。雖然京旻很遲鈍，根本不會在意這些。但對韓亞而言，柳利和京旻和睦相處是很重要的事，畢竟他們都是此生對自己最重要的人。

「世上好人那麼多，實在沒必要像習慣一樣跟一個人一直交往下去。如果覺得這個人不合適，隨時都可以喊停的。」柳利一邊老生常談，一邊磨起了墨。

韓亞始終搞不清楚自己是喜歡還是討厭墨汁的味道，那股味道既清香又有點臭。韓亞呆呆望著在帆布鞋上畫花瓣的柳利，感嘆著她每下一筆時的專注側影。柳利始終維護著韓亞，她既是韓亞的辯護人，同時也會發自真心地指出韓亞忽略的問題。雖然柳利的一番話搞得氣氛有點緊繃，韓亞還是很感謝她。韓亞把頂針套在起了繭的手指上，其實手指已經硬到不用戴頂針了，但輪流換戴著天然塑膠、金屬或絎縫棉質頂針時，心情都會有所好轉。今天馬上會過去的，京旻也很快就會回來。

伴隨著「噹啷」聲響，客人走了進來。

3

兩天後的傍晚，韓亞身穿舒適的睡衣，把頭髮一圈圈盤在頭頂，頂著一顆蘋果頭削著蘋果的她，哼著不成調的歌，父母在身後不停咂著嘴。考慮到首爾的房價，只能寄住在父母家的韓亞只好選擇自動消音。韓亞偶爾也會好奇，假使進入某間公司去設計新衣服的話，是否就能過上獨立的生活呢？日日連續劇結束後，母親把電視轉到了新聞臺。韓亞心裡暗笑，父母以遙控器展開的心理戰，就如同荒野上的決鬥。

主播不知何時又換人了，一張陌生的臉說道：「加拿大溫哥華近郊突然發生小型隕石墜落，引發了一場觀測天體的市民避難的騷動。」

韓亞正在削的蘋果皮啪一聲從中間斷開。

「京旻那小子不是在加拿大嗎？」母親問道。

韓亞沒有作答，她臉色發青，立刻拿起手機進了房間。手機訊號音一直響著，但始終無人接聽。「接電話……接電話！你這個笨蛋！」既然不接電話，那幹麼辦國際漫遊？韓亞氣壞了。

當地記者繼續在現場報導最新消息：「雖然隕石沒有造成嚴重的災難，但據悉輻射數值略有上升，目前大使館正在調查我國公民是否有受災情況。」

自那之後，一直沒有聯絡上京旻，直到京旻預定回國的前一天，他才打來，用沙啞的聲音告訴韓亞回國的航班，想必他也吃了不少苦頭。韓亞本想在電話中大發雷霆，那一刻卻連生氣的力氣都沒有了，滿心擔憂地跑去了機場。

機場的入境門開了，人群都散去後，京旻才走出來。據韓亞回憶，當時的距離並沒有很遠，但不知為何沒有看清京旻的臉。她憑藉外表的輪廓認出交往已久的男友，立刻跑過去抱住了他。看來他們之間至少還留有這種程度的愛意。擁抱的瞬間，韓亞放棄抵抗了，她覺得愛上這個人是沒有辦法的事。要知道，放棄抵抗也是一種愛。

「我想吃韓國料理。」京旻有氣無力地說。

平時的京旻總會以特有的節奏感和活力講一些無關緊要的話，所以看到他這樣，韓亞很難過。韓亞想，柳利要是看到自己這樣，一定會露出苦笑。

「好、好，我們去吃。」

也許是因為疲累，京旻有些低燒，韓亞挽著他的手來到機場的地下餐廳。京旻的食慾依舊旺盛，韓亞欣慰地看著他喝光兩碗白菜乾大醬湯。京旻輕拍兩下醬湯進入胃之前通過的胸口，然後以正確的筷子使用法，夾起涼拌茄子——韓亞納悶，他何時學會用筷子的？京旻不會用筷子，看他夾東西會讓人懷疑他不是韓國人。而且過了很多很多年，京旻用筷子的姿勢也毫無長進。讓韓亞感到更陌生的是，筷子夾起來的食物竟然是茄子。

「你不是不吃茄子嗎？」韓亞驚訝地問。

京旻一臉呆滯的表情看著韓亞。「我嗎？」

「嗯。你說茄子的觸感很像青蛙，所以不喜歡，還說涼拌茄子就像切成絲的青蛙。」

「我說過這種話？這很好吃啊，難道是因為有種故鄉的味道？」

「你一個首爾人，哪來的故鄉？」

「沒有啦，我說說而已。」

「看了場流星雨回來，居然長大了？口味變化可是長大的信號呢。」

當時韓亞並沒有多想，甚至感到很欣慰。京旻大概是出於本能的感受到了韓亞的心意，執意要拖著疲憊的身體先送她回家。交往這麼久，京旻很少送韓亞回家。韓亞很獨立，所以從不計較這種事，但今天京旻非要送自己回家，這讓韓亞很開心，覺得他是想再多和自己待一會。

「你也很累了，快回去休息吧。」

「嗯，再見。」

韓亞走了幾步，回頭一看。「你怎麼還不走啊？」

京旻流露出韓亞至今從未見過的表情。

「我不想讓妳看到我的背影，之前妳看的太多了。」

「難道是加拿大的水質太好嗎？你怎麼突然變了個人？」

韓亞感受到了久違的心動，但她沒有表露出來。難道是突如其來的危險使京旻有所體悟？假如日後還有更多的變化，那麼這段長久維持的關係便可以不再稱作放棄抵抗了。

韓亞可以感受到京旻的視線一直停留在自己背上，那感覺十分強烈，彷彿自己的身體存在感知視線的神經細胞。

韓亞關上了門。

雖然韓亞家的門關上了，另一個世界的門卻打開了。

4

「妳知道嗎？阿波羅在京旻看流星雨的地方失蹤了。」站在咖啡機前的柳利突然轉身對韓亞說。

韓亞很意外，柳利提到「京旻」兩個字時竟然不含一絲敵意。

韓亞抬起頭。「阿波羅？妳是說那個歌手阿波羅？」

「嗯，現在電視和網路新聞都在報導這件事，鬧得很大耶。京旻在那裡沒有遇到阿波羅嗎？」

「京旻沒說。要是遇到明星，他一定會去要合照或簽名的，再說加拿大那麼大……阿波羅也去看流星雨了？希望他不會有事。我們也常聽他的歌呢。」

「現在到處都是謠言，人們對別人的事就是口無遮攔，不是說他被綁架，就是被殺害。真希望他趕快平安現身。」

如果不是大型經紀公司打造的偶像，便很難成為韓流明星，但以創作歌手出道的阿波羅不僅做到了這一點，近來人氣更持續飆升。韓亞的感官偏向於視覺，不算太了解音樂，但她很喜歡阿波羅的歌。在阿波羅的所有作品中，韓亞更喜歡不是代表作的作品。阿波羅的音樂旋律輕快、多元，而且可以感受到某種本質性的東西。就好比可以用脊椎欣賞色彩一樣——這樣講應該誰都不會理解吧。最重要的一點是，阿波羅的歌詞也寫得非常好。他不僅是個優秀的音樂人，還會不斷向世界傳遞訊息。自從韓亞看到阿波羅在演唱會上不飲用礦泉水，而是自帶隨行杯喝飲水機的水的新聞後，便更加喜歡他了。韓亞希望阿波羅能平安無事。

漢江對面的永登浦區。在一間亮著五個螢幕的昏暗房間裡，有一個人比韓亞更關注這起失蹤事件。

電視、電腦、筆電、平板電腦和手機各自播報著關於阿波羅的消息，但蜷縮身體坐在這些光亮中的女生似乎並沒有認真聽。其實不聽也罷，因為都是重複的內容。

「亞洲之星阿波羅失蹤已經一週……」

「最後一位目擊者是在加拿大當導遊的僑胞鄭某……」

「目前已與當地警方展開聯合調查……」

這個表情機敏、身材瘦小得會讓人聯想到嚙齒類動物的女生，正是阿波羅官方粉絲團「軌道Orbit」的會長李珠映。即使遭到網友攻擊和學校的警告，身為會長的她一直是支持阿波羅的頭號粉絲。

珠映把額頭埋在自己又瘦又尖的膝蓋間，重複播放著與阿波羅最後對話的錄音。

當時，阿波羅宣傳新專輯的活動已經進入尾聲。珠映在最後一場粉絲見面會的後臺幫忙處理雜務，偶爾忙裡偷閒，才能從舞臺旁探頭看一眼星光閃耀的阿波羅。但即便如此，珠映也感到很欣慰。就算不在阿波羅視線所及之處也沒有關係，只要能遠遠看著他，圍繞著他的軌道一圈一圈地旋轉就足夠了。

「真是辛苦妳了。」活動結束後，阿波羅對珠映說。

「你打算去哪裡度假？」

「去加拿大，到原野去看流星雨。」

「好棒喔！」

對珠映而言，加拿大是一個很遙遠的地方。她必須趁阿波羅度假期間趕快多打幾份工，之前太常參與粉絲團的活動，原本的家教都被解僱了。不過說真的，當初能夠當家教就已經很不可思議了，畢竟她從學生時代就開始追著阿波羅四處跑，根本沒認真念過書。這樣怎麼當家教呢？對此珠映也感到很後悔。

「……等我從加拿大回來，會邀請妳參加一個驚人的巡演，只邀請妳一個人喔！」

珠映沒聽說什麼巡演計畫，但她還來不及開口問，阿波羅便輕輕揮了揮手走掉了。

他到底在哪裡呢？

珠映緊緊握著一條舊吉他撥片做成的項鍊，那個白色撥片跟隨珠映多年，即使閉上眼睛，她也能清楚記得那些小瑕疵的位置。

最初知道阿波羅時，珠映還是一個什麼都不懂的高中生。初次見到阿波羅，不，是初次聽到他的音樂時，珠映便明白了何謂人生的宿命。她覺得自己來到這個世界就是為了追隨阿波羅。小小年紀就明白自己的宿命，難道不是一種莫大的幸運嗎？

「歐巴，歐巴，你真是光彩奪目。我覺得總有一天，你會成為一個很了不起的人。」

現在回想這句表白，真教人害羞。但就算再次回到那時，珠映也絕對會難以控制地表露真情的。那顆跳動的心至今沒有變過。當時阿波羅聽到珠映的稱讚，露出尷尬的微笑。

「會嗎？但現在都沒有人邀請我固定演出，哪可能像妳說的那樣。」

「總有一天！所有人、全世界都會認可你的音樂，到時候他們就會知道我多有遠見了。希望你能一直唱下去。」

阿波羅瞇著眼，笑了出來。

「謝謝妳。我今天真的很需要聽到這些話。」

那天，阿波羅把一個邊角磨損嚴重的吉他撥片送給珠映，珠映給他的則是一顆完整無缺的心。

珠映覺得阿波羅似乎在某處呼喚著自己。現在警察和經紀公司都找不到人。從最初的小型演出開始，珠映就成了阿波羅最可靠的後盾，如今，是她親自出馬的時候了。

突然，窗外閃過一道耀眼的綠光。

珠映扶著窗框揉了揉眼睛。難道是眩暈症嗎？她心想，還是先吃點東西再說吧。

5

韓亞不在店裡，京旻來了，柳利沒有放下毛筆，只朝他點了下頭，這種打招呼方式可以理解為她有意要與京旻保持距離。柳利還有很多訂單要趕，她立刻又垂下了頭。

「柳利。」

「你打電話給韓亞吧，她去輔料市場買拉鍊了。」

「那個，我帶了便當，打算跟她一起吃。」

「那你是要放下便當走人，還是在這裡等呢？」

「如果妳中午沒約的話……」

柳利放下手中的毛筆，皺著眉看向京旻，最後做了決定。

「那就一起吃吧。」

京旻在整理好的桌面上擺開足足有六層的便當，但這不只是一份以量取勝的便當，而是連豆皮壽司上都有用紫菜點綴出鼻子、眼睛和嘴巴的完美便當。

「你這手藝真不是開玩笑的，你去上廚藝教室了？最近又對料理感興趣？無論做什麼事，都要維持熱情啊。」

「不，不是的……我是為了熟悉環境，所以找了些事情做。網路真有趣，上面什麼都有。」

「你要熟悉什麼？」

「嗯……這裡。」

「你多照顧一下韓亞，不要老是突然失聯，丟下她一個人不管。年輕時也就算了，我們都到了這年紀，再那樣就惹人厭了。就算韓亞是很有耐心、願意諒解的個性，但她能夠忍到什麼時候？只有一個人努力維持的關係算什麼？如果沒有信心在感情上往上邁一個臺階，還不如到此為止。哎，雖然吃著你做的便當，不該講這種話。」

「柳利……不管遠看還是近看，妳都是韓亞最好的朋友。」

柳利挑起眉毛。「遠看？」

「我想向韓亞求婚。」

「嗯？不是，你等等……你這一步也邁太多個臺階了吧！你認真？」

「為了韓亞，我有穿越宇宙的信心。」

柳利咀嚼著多汁的酪梨捲壽司，開始回想過去的京旻。

「你的問題就在這裡。你不用穿越宇宙，只要能穿越我們這一區就可以了。」

京旻笑了。

「我不確定韓亞想不想結婚，從沒聽她提過。」

在韓亞之前得知京旻的計畫，這讓柳利略感慌亂。

「嗯，雖然不知道她是怎麼想的，但你們的關係也是時候決定該前進，還是就此打住了。你就趁這個機會好好跟她談談吧。」柳利咬著木筷子得出了結論。

「但我不知道該怎麼求婚……」

「如果你是真心的……」柳利選擇著用語，很快決定了自己的立場。「我可以幫你。」

柳利和京旻都沒有察覺，這是他們的持久戰瓦解的一刻。

6

阿波羅的經紀人嘴角起了水泡，一臉疲憊地望著珠映。辦公室裡有五、六支電話同時響著，但沒有人接聽。珠映也明白此時經紀人的處境最為尷尬，她也看出經紀人的眼神在質問自己：這種時候怎麼連妳也來添亂呢？但珠映顧不了那麼多，她再次表達堅定的立場：

「我知道這種要求很離譜，但還是請您也給我一份目前掌握到的消息吧。」

「珠映小姐，妳又能做什麼？警方和公司都很積極在找人，外交部也和加拿大政府取得聯繫。我們都很擔心阿波羅。」

「您也知道阿波羅不是那種會搞失蹤的人。」

「坦白講，目前沒有找到任何犯罪的跡象，我覺得阿波羅搞不好是隱退了。出道以來，他一直沒休息過，而且他這個人那麼固執、捉摸不定，也許等他理出一些頭緒後，會聯絡我們的。」

「不，他在出發前一天還告訴我，回來後還有巡迴演出。他根本沒有長期逗留在加拿大的計畫。」

「巡演？我們沒有巡演的安排啊！」

「我還以為您知道……那他為什麼那樣說？」

經紀人用厚實的手掌揉起額頭。

「我怎麼知道……雖然跟阿波羅共事多年，但他始終是只能遠觀的仙女座。好吧，我印一份資料給妳，妳也不是會輕易放棄的人，但妳必須保證這些資料不能外洩……但其實也沒什麼內容啦。」

珠映接過資料快速看了一遍，都是各大航空公司韓國旅客的名單、信用卡明細、通話明細、目擊者證言和租車行駛紀錄。這顯然是一般人難以掌握的資料，珠映懷疑其中一大半都不是正式申請，而是內部泄露的。

珠映深深鞠了個躬後走出辦公室。她心想，下次來，至少應該帶一盒保健飲料。

「妳做這些有什麼意義呢？」

自從珠映迷戀上阿波羅，這成了她最常聽到的一個問題。人們發問的語氣千奇百怪，有夾雜著零下四十度的蔑視、零上三十度的擔憂、七十度的哭泣和一百一十二度的憤怒。

人們會問珠映，為什麼不為自己，而要為別人活？這樣到最後什麼也不會留下，更不會有人感謝妳。但珠映認為，這些人所相信的絕對命題——「任何人都可以創造一個世界」，才是歷史上最悠久的謊言之一。要知道，也有人無法創造世界，不，應該說大部分人都只能寄生於傑出且具有創造力的人打造的世界。並不是所有人都能有所貢獻。

珠映從小便領悟，很多人只是茫然地置身於偉人製造的洪流，隨波逐流地度過短暫的一生。我們不斷融入孔子和蘇格拉底的世界、耶穌和佛祖的世界、莎士比亞和塞凡提斯的世界、特斯拉和愛迪生的世界、亞當·史密斯和卡爾·馬克思的世界、披頭四和皇后的世界、比爾·蓋茲和史蒂夫·賈伯斯的世界，被這些世界包含、包含、再包含入文氏圖的中心地帶。

如果只能無力地被捲入這樣的世界、被包含其中，珠映寧可選擇走入阿波羅創造的、無與倫比的美好世界。讓那個世界成為憑藉自身意志選擇的唯一世界……這並不是珠映未經思考的選擇，更不是愚蠢、瘋狂的選擇，這是有著明確目標的結果。

但那個世界，珠映選擇的唯一世界卻消失了。

「這是我過世祖母的大衣，希望可以按照我的身形修改一下。」

韓亞收到的訂單多是修改已故之人的衣服，客人都希望可以繼續沿用心愛之人的遺物。他們會猶豫不決、戀戀不捨地把衣服交給她，越是接到這種含情脈脈的訂單，韓亞越是希望自己可以成為值得對方信任的設計師。她遇過送來三套祖父西裝的孫子，希望修改母親在八〇年代穿過的水滴紋洋裝的女兒，偶爾也會有送來已故朋友或兄弟姐妹遺物的客人。

「啊，看來您的祖母很珍惜這件衣服，保養得很好，都沒有起毛球。設計不需要大改吧？」

平時韓亞為了追求具創意的設計，會徹底拆開布料後重新縫補。但如果是遇到追憶親友的客人，她則希望維持衣服原有的設計，再適當添加一點新嘗試，以此淡化客人些許的悲傷。

「嗯，但我希望領子的部分可以改成立領。」

「沒問題。這裡用藏針縫收尾，您覺得如何？」

「這樣很好，那就拜託您了。這件衣服對我意義重大，所以一直不敢輕易交給別人，我是聽朋友介紹才送來這裡的。」

「您放心，我會用心修改，日後讓您的孩子也會想留下這件衣服。」

客人走後，韓亞開心地撫摸著大衣，她知道這份工作已經超越了靠延長一件舊衣服的壽命來保護環境的意義。每當感受到這份工作正觸及著個人的記憶和共同體的文化時，她都感到無比自豪。

在正式展開作業前，最好多花些時間觀察初次接觸的衣服，這是為了更仔細欣賞衣服主人一生珍愛的事物。在韓亞看來，衣服價格不是最重要的，任何在光線、濕度和汙染中受到保護的衣服都是珍貴的。她就像拖著女王的衣襬般，興奮地把大衣掛到木製衣架上。為了不損傷衣服，下一步則是要小心翼翼地拆線。

「妳看起來很開心喔。」柳利舒展著背部緊繃的肌肉說道。也許是一直抬著手臂的關係，她的上半身肌肉總是很痠痛。

「嗯。如果這裡改一下的話，既可以保留大衣原有的風格，穿在身上的感覺也會不一樣。那位客人一定很愛她的祖母，剛才我很想給她一個擁抱，但覺得不合適，只好作罷。要是在國外那種擁抱很自然的文化圈，我一定會抱抱她。」

「妳這麼開心真的只是因為那件大衣？難道不是因為更大的理由？」

「更大的理由？」

「我的觀察可能有誤，但最近京旻好像變了個人。我以為妳這麼開心是因為他。」

聽到柳利這樣講，韓亞笑得更開心了。

「妳也這麼覺得？我還以為只有我自己這麼覺得呢。」

「他終於長大了。」柳利嘻嘻笑了起來。

「是吧？我還以為他永遠長不大，但突然完全變了個人。他不時會直視我的眼睛，每分每秒都集中在我身上。就連一開始交往時都沒有這樣。」

「我以為他是地球上最散漫的人，現在卻徹底變成另外一個人……真是稀奇、稀奇啊。」

「今天他約我去家裡喝紅酒，以前都不會約我去家裡的。他家亂糟糟的，而且總是有朋友進進出出。京旻那些朋友就是一個原始的共同體，整天不務正業、只知道玩撲克牌、叫外賣。但他好像突然把那群朋友都趕回家了，還徹底整理了房間。

「他該不會是被鬼附身了吧？人這麼反常，搞不好會死欸。」

韓亞停下手中的工作。

「變化來得太突然了，有點不安啊……」

「改變的契機到底是什麼？」

「我想來想去，都覺得是那次加拿大之行，而且從時間點上看也很吻合，當時的遭遇真有那麼可怕嗎……」

傍晚，韓亞買了水果趕往京旻家。京旻家位於解放村，之前的房客是一位室內設計師，他在求得房東同意後徹底改造了室內的格局。除了夏天特別熱以外，那裡的確是一間CP值很高的房子。地中海風情的白牆上鑲嵌著精美的馬賽克磁磚和鏡子，即使沒有其他點綴也十分好看。韓亞也是設計師，她明白從事這類行業的人即使清楚最終滿足的都是別人，還是會注重每一個小細節。從這一點來看，設計師是既可愛又可憐的人。祝您發大財喔……韓亞雙手合十，卻不知道是在向誰許願。京旻根本不愛惜那間漂亮的房子，但還是續約了兩次。其實韓亞覺得那房子給京旻住太可惜了。好久沒來京旻家，韓亞莫名有些尷尬，她站在路邊仰望屋頂好半天。

這時，京旻從公寓大門走出來，兩手提著分類的回收物，看來大掃除還沒結束。韓亞錯過了叫住他的時機。平時因為京旻對於分類回收毫不在意，韓亞跟他生過好幾次氣，現在看到他仔細丟垃圾的模樣，多少有些感動。京旻還是很善良的，就算不監督他也很有自覺嘛。之前京旻都會反駁韓亞，地球早就被美國人毀了，我們做這些根本無濟於事，妳就不要再念了……看來京旻還是挺不錯的。韓亞躲到電線桿後面，打算等京旻丟完垃圾嚇他一跳。

「這是一般塑膠還是ＰＥＴ呢？」

京旻猶豫不決地自言自語，接著環顧一圈四周，但沒有發現躲在電線桿後的韓亞。他張開了嘴巴。一道從未見過的強烈光柱從京旻嘴裡射了出來，掃過京旻手中的飲料瓶。雖然整個過程轉瞬即逝，但可以清楚看到，光柱就像雷射一樣強烈。

「喔，原來是ＰＥＴ啊。」

大受驚嚇的韓亞把水果袋掉在地上，一顆蘋果沿著斜坡滾了下去。我是貧血嗎？難道是因為貧血，所以看到了一閃一閃的東西？頭好暈。我到底看了什麼？

「咦？韓亞，妳什麼時候來的？」

京旻笑著朝韓亞走過來，表情就像什麼事都沒發生一樣。

彷彿眼中還留有光柱的殘光，韓亞邊揉著眼睛邊跟隨京旻走上樓梯，每上一個臺階便增加一分緊張感。

家裡煥然一新，徹底顛覆之前的印象。京旻小心翼翼地拔出紅酒瓶的軟木塞。京旻曾在西餐廳工作，練就一手閉眼也能開紅酒的絕活，現在的他看起來卻十分不熟練。

「好喝嗎？妳好像不喜歡dry的紅酒。」

韓亞連紅酒是什麼味道都沒來得及品味，就吞了下去。

「嗯，很好喝。」

「白酒更好喝吧？妳其實喜歡白酒勝過紅酒吧？我去洗些水果來。」

「不，我……」

兩個人爭先恐後地走到水槽前，先挽起袖子的京旻開始洗起水果，露出晒得黝黑的手臂。

韓亞仔細打量那隻被橫穿地球經緯度的陽光晒黑的手臂，突然一把抓住它。

「你這裡不是有一道騎腳踏車摔傷時留下的傷疤嗎？前年的傷疤怎麼不見了？」

「……傷疤？」

「那道傷疤有這麼大呢！」

韓亞快速抓起京旻另一隻手，也沒看到傷疤。前年京旻在沒有戴護具的情況下，下坡時狠狠地摔車，留下一道很大的傷疤。韓亞記得幾個月前還見過那道傷疤，此刻他那晒成沙色的手臂上卻什麼也沒有。

「啊，那道傷疤。我堂哥的皮膚科最近引進了一臺新機器，找我做實驗，幫我免費做了除疤手術，還給了我很有效的除疤藥膏，真的很有效耶。那道傷疤雖然大，但不深，是不是除得很乾淨？」

韓亞搞不清楚是因為疑心越來越重，還是酒意引發的荒謬想法，再不然就是合理的推論。她坐回椅子，原本打算待久一點的，最後還是找了個藉口回家了。

老實的政奎在國情院工作有一年半了。幾年前，國情院因涉及監控民眾、組織網軍和介入選舉等事件搞得形象大毀。雖然政奎是在那之後才進入國情院，也與那幾起事件無關，但他還是對在國情院就職感到難以啟齒。政奎從文科畢業後，好不容易才找到這份工作。不管怎樣，他終於可以自食其力了。政奎很守本分，政治立場算是中立，他希望能把這份穩定的工作做得長久一點，即使察覺到國情院內的空氣瀰漫著勾心鬥角與猜忌，他還是決心要撐下去，盡快適應第二年的職場生活。

這樣的政奎，此時卻正忐忑不安的思考著該如何回答電話裡的問題。

「您是說……男朋友的嘴巴會發射綠光……所以打電話來？您是不是看錯了？有很多小學生會用雷射筆惡作劇。」

電話另一頭的韓亞握著公用電話的話筒極力否認：「不，我看得一清二楚。我知道我現在講的話很奇怪。」

「僅憑您現在提供的內容，我們無法採取任何行動，請再更進一步的確認後……」

「不是，您有聽我講話嗎？我說他的傷疤突然不見了，還開始吃茄子。不僅如此，他還變得很親切，也不會突然一個人跑出國了！」

「國家情報院總不能因為您的男朋友吃了茄子而出動吧，請具體確認後再聯絡我們，感謝您的來電。」

政奎掛斷電話後想了老半天，也想不出該在通話紀錄上寫什麼，他猛地把背靠到椅背上。看來接到舉報電話的人也一頭霧水，才把電話轉給自己。但打電話的人不像是奇怪的人，身為普通人的政奎很同情處在不安狀態下的韓亞，他再次感受到，人還是需要安穩、安定的環境。

挫敗感使韓亞情緒失控，她大吼一聲掛斷電話。終於講出過去三個月來無法向人傾訴的祕密，對方卻不相信她。雖然也沒抱多大期待，但……抬起頭的韓亞下意識地發出了尖叫聲。

只見一臉笑意的京旻斜倚在電話亭旁。

「我正要去店裡找妳。妳在這做什麼？」

「啊，沒有，什麼也沒做……」

「電話故障了？是要打給我嗎？」

京旻看了一眼自己的手機又看了看韓亞。京旻的表情溫和、充滿愛意，韓亞從他那堅定不移的瞳孔中，看到思緒混亂的自己。

「手機沒電了，所以想打給柳利……」

「還以為是打給我呢，原來是柳利啊！」京旻以略帶嫉妒的口吻說著，一邊伸手溫柔地幫韓亞整理好凌亂的頭髮。

韓亞不敢相信自己因為懷疑京旻，竟然打給了國情院。難道是太不安？還是最近壓力太大了？之前考美術術科時壓力也很大，會不會和那時候一樣呢？但話說回來，人的瞳孔能映射得這麼清楚嗎？自己在京旻眼中的輪廓竟然如此清晰……韓亞的手臂起滿了雞皮疙瘩，她趕快放下袖子，不想被京旻發現。

奇怪的人是京旻，我要對自己有信心。韓亞努力讓自己看起來泰然自若，邁開大步朝前走去。京旻溫柔地把手輕放在韓亞背上，與她保持一致的步伐。

「你到店裡來做什麼？怎麼不打個電話再來？」

「妳手機不是沒電了，打了也沒用。沒什麼事，就是想來看看妳。那天妳在我家喝完紅酒後都沒有聯絡我，我擔心妳是不是生病了。」

「……京旻啊。」

「嗯？」

「我想一個人靜一靜，這幾天我們就先不要聯絡了。」

韓亞繼續往前走，京旻愣在原地。兩個人的座標開始拉開距離。

為了追隨阿波羅走過的足跡，珠映去了加拿大。她不顧家人的極力反對，還是把下學期的學費用在加拿大之行上。珠映的大學生活可謂一團糟，父母認為她不正常、過分依賴既不是家人也不是男朋友的人，甚至勸她去看心理醫生。家人的一席話深深傷害了珠映。雖然她試著交過幾個男朋友，但最後都以失敗告終。那些男生也說問題都出在珠映身上，但他們這樣講不過是為了報復，因為他們不甘於只在珠映心中位居第二。珠映不喜歡學校，因為學校到處都是向自己投來怪異目光的人。反正讀傳播媒體系也是為了阿波羅，現在都無所謂了。珠映在加拿大再次感悟到，自己就是阿波羅的衛星，而且是一顆有著馬鈴薯般凹凸不平表面的小衛星。失去阿波羅的瞬間，自己便脫離了軌道，只能毫無方向的在黑暗中飄盪……

如果可以，珠映很想按照時間軸尋找線索，但阿波羅的足跡就像虛線一樣斷斷續續，使得珠映在同個地點打轉了好幾次。回國的日子到了，她也只好回來了。阿波羅消失得無影無蹤，就像走在雪地裡的天使突然飛走一樣。

儘管如此，珠映還是透過現場勘察找到了重大線索——韓國人中與阿波羅移動路線重疊的八個人的資料。這些人中只有三個人向警方提供了證詞，珠映認為有必要聽聽另外五個人怎麼說。珠映利用合法和稍稍不合法的方法，對這幾個人展開了調查。要知道，粉絲都是偵探。隨著阿波羅的音樂獲得大眾喜愛，便不斷出現令人傷腦筋的跟蹤狂和暴力型黑粉，因此站在粉絲團的立場，必須掌握這些人的資訊。自從珠映迷上阿波羅，這等奇特技能也在日益增長。

阿波羅失蹤可能與韓國人無關，也可能是不知道阿波羅身分的加拿大當地人偶發性的犯罪，又或者是他在森林裡遭遇野生態的攻擊……但粉絲團會長的直覺告訴珠映，似乎可以在國內找到一些蛛絲馬跡。

珠映在房間牆上掛上軟木板，然後把整理好的資料和照片貼在上面。軟木板相當於珠映的大腦，她必須了解上面的內容並從中找出線索。珠映決定先聯絡向警方提供過證詞的三個人。

「喂，您好！我是阿波羅經紀公司的負責人。關於阿波羅失蹤一事，我們還想再問您幾個問題。當時您也在加拿大吧？如果可以的話，是否能見面詳談呢？」

大家都欣然答應了。對一般人而言，明星失蹤算是大八卦。珠映也希望能像他們一樣，把這件事看作一場暫時、不必轉移自己生活重心的娛樂事件。

珠映思考了一會，為了避免可能的突發風險，最後決定先別輕舉妄動，暫時不聯絡其他五個人。

軟木板上五個人的照片中，有一張是京旻的大頭照。

10

柳利的手機響起，那是儲存多年、卻從未打來過一次的號碼。柳利看到京旻的名字後，為了不讓韓亞看到，稍稍側身接起電話。

「喂？」

「不要叫我的名字。妳能瞞著韓亞出來一下嗎？我在店後面。」

柳利從京旻的聲音裡聽出了焦急和迫切，她若無其事地回答：「……不需要，我有很多張信用卡，真的不用。」

柳利掛斷電話後，瞄了一眼韓亞。

「哎，最近怎麼這麼多廣告電話？難道換了電信公司，個資都外洩了？好煩啊！又到了缺咖啡因的時間，我出去買杯咖啡啊。」柳利故意大聲說道，一邊拿起了隨行杯。

「幹嘛出去買，我幫妳沖一杯就好了啊。」

「我不想喝手沖咖啡，我需要一杯濃縮咖啡，濃一點的。我老公總是監視我，教我少喝咖啡，趁他不在我得多喝點。」

「他是看妳晚上都不睡，白天又老是沒精神。妳不是都得了食道炎……改喝淡咖啡吧，慢慢就會覺得好喝了。」

柳利在心裡埋怨起今天格外囉唆的韓亞。

「喝淡咖啡只會一直上廁所。我去去就回。」

柳利二話不說站起身，走出去時心臟撲通撲通直跳。京旻一定是想要說求婚的事吧？好奇心驅散了午後的睏意，哪裡還需要咖啡因。

柳利拐到店後面，踱著焦急碎步的京旻看到柳利連招呼也沒打，劈頭就說：

「出大事了！」

「啊，我們先找家咖啡廳，我得帶證據回去。」

柳利和京旻加入了排隊買咖啡的隊伍。柳利心底嘀咕，午餐時間都過去這麼久了，怎麼還這麼多人，一群偷懶的上班族。

「韓亞說先不要聯絡，要考慮一些事？她先這樣講的？」

柳利覺得一定是發生了難以置信的事。

「嗯，妳怎麼看？肯定是不好的預兆吧？」

「吼，原來韓亞也能做出這種決定啊。看來她終於打算跟你分手了，也是時候了，她也是有極限的。」

「妳不要這樣，幫幫我吧。想到要和韓亞分手……我們好不容易才在一起。」

柳利不是不打算幫忙，她只是想嚇唬一下京旻。雖然最近沒有那麼討厭他了，但想到「前」京旻，還是覺得他很可惡。

「在你隨意對待韓亞之前就應該想到這一點啊。錯過了她，你難辭其咎。」

「……我知道妳不會相信，但我已經不是過去的京旻了。」

「好啦，我相信你，所以才會這麼幫你啊。看來你得加快作戰速度了。」

面對柳利信心十足的表情，京旻再次堅定了信心。

11

珠映在一週內見了那三個人，再次確認他們提供的資訊。其中一人是在準備留學的學生，所以珠映趕到補習班跟他見了面。其餘兩人都是上班族，珠映分別來到他們的公司附近見到了他們。後來珠映開始思考起自己的前途，早知如此就不該選傳播媒體系，還不如直接報考警察大學，再不然就該出生在有偵探制度的國家。

最後見到的那個人，很不確定地向珠映描述了當時的情況。

「……綠光？」珠映故作泰然地反問。

「我不敢保證看到的是真的，因為我當時也嚇壞了。但那一瞬間，真的有一道強烈的綠光從我眼前閃過。」

「感謝您提供了這麼有價值的線索，真是幫了大忙。」

三個人都看到了綠色的閃光。雖然不是在加拿大而是在首爾，但幾天前的晚上，珠映也親眼看到一道綠光從窗外閃過。珠映陷入了混亂，直覺告訴她這件事很複雜，說不定還與自己有關。難道是粉絲團的人所為？該不會是有人對粉絲團不滿才做出這種事吧？管理粉絲團時，珠映向來都很公正，她沒有任何權力欲，經費也十分透明。她不但會負責出面解決粉絲間的紛爭，還會呼籲大家遵守觀看演唱會的禮儀。與其他粉絲團相比，珠映的管理無可挑剔，但即便如此也不可能讓所有人都滿意。雖然經常發生氣得臉紅脖子粗的事，但珠映還是撐了下來，因為她知道一旦放手不管，粉絲團就會立刻解體。就算遭人辱罵，珠映也要守護阿波羅。但要是阿波羅慘遭不幸，是因為自己呢？

坐在面前的男人的一番話，讓陷入沉思的珠映回過了神。

「沒想到阿波羅真的失蹤了，我還以為是為了宣傳新專輯呢。這樣講有點害羞，但我也是阿波羅的粉絲，好擔心啊。」

「您是他的粉絲啊……雖然這不算什麼，但還是送您一張他的親筆簽名ＣＤ以表謝意……」

「希望他能平安回來。」

男人走後，珠映久久未能離開座位，此時此刻迴盪在她腦海的依舊是阿波羅的旋律。有時在入睡前哼唱的歌，醒來後也能連接上。但最近每天早上珠映都在苦笑，自己如今連夢也不作了。

12

柳利和京旻來到一家大型書店。距離柳利說出來買咖啡已經過了很久了，她乾脆放棄找藉口。讓柳利安心的是，她知道韓亞一定在專心工作，兩個小時左右應該不會有所察覺。一位酷愛長靴的客人送來了幾十雙長靴，委託韓亞做成其他東西，韓亞果斷決定把這些長靴做成大墊子。韓亞拆下長靴的皮革、橡膠和各種材料，然後一針一線地開始縫製，她的動作很慢，似乎無法跟上腦子裡的設計。她所構思的是抽象的作品，唯一不幸的是，店裡充滿了腳臭味。

「你真打算求婚？」柳利又確認了一次。

「是的。」京旻簡短的回答。

「成功的機率一半一半。韓亞不是那種隨波逐流的人，可能會嗤之以鼻地拒絕你……但她的父母非常恩愛，說不定會很正面地看待結婚這件事。總之，以現在的情況來看，你也別無選擇了。」

「必須說服韓亞。我要盡我所能，用最強烈的方式向她求婚。」

「不要適得其反就是萬幸了。」

柳利以已婚人士的從容態度把京旻帶到雜誌區，京旻呆呆望著柳利指向的婚紗雜誌。柳利毫不猶豫地用手指夾起一本雜誌，塞進京旻懷裡。

京旻這才回過神來，翻了幾頁雜誌。

「啊，要送婚紗嗎？」

柳利驚愕不已。「什麼？你在說什麼蠢話？所以才說你不行，當然是戒指啊。」

「原來要送戒指啊！」

「婚紗是下一步才要考慮的。如果是韓亞，應該會喜歡復古或用環保布料做的婚紗。婚紗交給我們就可以了。」

「戒指……哎呀，種類好多啊。」

一次要處理太多資訊的京旻脹紅了臉。

「你先自己看看，熟悉一下款式。你應該沒有多少存款吧？選一款價格合理又適合韓亞的就可以了。最重要的是，要確認好原產地，要是買到非法走私的鑽石送她，那就完蛋了。總之，戒指本身並不重要，這只是一種象徵性的問題。」

「象徵我想和韓亞在一起的心嗎？」

「直到死亡把你們拆散。」

「我們死後也要在一起。如果沒有韓亞，我就沒有留在地球上的意義。」

柳利慢慢啜了一口隨行杯裡的咖啡。「你趕快把這些話告訴韓亞，纏著我講這些肉麻話，一點意義也沒有。」

柳利覺得就算京旻求婚失敗也無所謂。她已經想好了，如果韓亞因為自己幫京旻出謀畫策而生氣或埋怨自己，就一口咬定自己什麼也沒做。

京旻和柳利分開後，在回家路上去了文具店買了五打鉛筆。一回到家，京旻直接坐在書桌前用工具把鉛筆芯抽出來，然後全部砸碎。

令人吃驚的是，他抓起一把砸碎的鉛筆芯放進嘴裡，一邊用臼齒咀嚼鉛筆芯，一邊將窗簾拉起。儘管如此，房裡強烈的綠光還是穿過窗簾透到了外面。京旻從窗簾縫隙往外看了一眼，幸好沒發現什麼目擊者。

京旻張開嘴，一堆鑽石原石便從他嘴裡傾瀉而出。

「碳的比率為百分之九十九點九五。人類也很有趣嘛。韓亞喜不喜歡經典款呢？還是我來設計一款有設計感的戒指好了。」

京昱將原石一顆一顆夾起，放在檯燈下仔細端詳，他一定要挑出毫無瑕疵的原石。

13

太陽西下，夕陽照進店內，獨自留在店裡的韓亞呆坐在椅子上。複雜的情緒在內心不斷翻滾，難以平復的不安使她失手剪壞了兩張疊在一起的布料，這是連新手也不會犯的低級錯誤。不久前還覺得樸實的生活近乎完美，到底是從哪裡出現裂痕的？還以為一切都在朝好的方向發展呢。

韓亞突然覺得瀏海很礙眼，她猛地站起身，拿起一把小剪刀走到鏡子前，大刀一揮剪掉了遮住視線的頭髮，但立刻就後悔了，這是該交給理髮師的事，瀏海反倒更加礙眼了。韓亞想找個地方喝一杯，但此時還沒有開門的店，她有些後悔，不該拒絕柳利的邀約。

「我晚點回去沒關係喔，不回去也可以！」

「我沒事，妳不是約了人打電動嗎？」

「是沒錯，但……」

「那也是重要的約會啊。」

其實，韓亞是擔心自己酒後吐真言。

「京旻！不然妳約京旻。」

「喂，他是下酒菜啦。」

「如果是為了京旻，妳就放心吧。再說，你們不是什麼困難都走過來了，分也分不開，連我這個旁觀者都看膩了，這次又有什麼事啊？」

「這種話不是別人而是從妳嘴裡講出來，我就更不安了。你們不是死對頭嗎？怎麼關係突然變好了？」

「哎，上了年紀後，再討厭的人也會變順眼的。好吧，妳既然非要一個人喝酒，那我就先回去了。別喝太多喔，到家記得傳簡訊給我。成年人就算喝到爛醉也要進對家門才不丟臉，知道嗎？」

柳利邁著輕快的步伐下班走人後，韓亞把所有布料拿出來，按照顏色和種類重新整理了一遍。但距離路邊的布帳小吃攤開門還有一段時間。

韓亞來到經常光顧的小吃攤，點了喜歡的燒酒和燉白菜鍋。與此同時，西裝筆挺的京旻正坐在韓亞的父母面前。

「韓亞說今天會很晚回來？」

「嗯，她要我們不用等她……」

「你為什麼一身西裝筆挺，要去參加葬禮嗎？」

京旻遲疑了一下，然後打開準備好的盒子向韓亞父母展示了戒指。

「我是來向韓亞求婚的。」

「啊……這孩子去哪了？」

韓亞的父母驚慌失措地不知該說什麼才好，只好先欣賞起戒指。只見一個小圓頂上懸著一顆大鑽石，旁邊還有一顆小鑽石像月亮一樣在繞著它轉動。真是一款聞所未聞、見所未見的戒指。

「最近還有這種戒指，好特別啊。它是怎麼動的？」

「這是我發明的。利用小型引力磁場使它不斷旋轉。」

「真神奇啊！」

韓亞的父母一直都很不滿意京旻，但看到西裝筆挺的他帶來又大又奇特的寶石後，態度稍稍動搖了。

「你最近不是失業嗎？如今的年輕人也不是非結婚不可，我們可不想讓女兒吃苦……」

「這種小型引力磁場是人類史上尚不存在的技術發明，我會去申請專利，所以您們可放心經濟上的問題。」

「是啊，你們都交往十一年了……你們自己做決定吧。」

「等韓亞回來，你們好好商量吧，我們是沒有什麼意見。」

「謝謝。希望能快點改口稱呼二位岳父、岳母就好了。」

「凡事不要操之過急。」

韓亞的父母尷尬地坐在京旻對面，苦惱著該怎麼打發時間。雖然母親偷偷在桌子下傳簡訊給韓亞，但一直沒有回覆。

微醉的韓亞根本不知道可疑的男友正和父母在一起，她一邊哼著歌，左搖右晃地往家裡走去，絲毫沒有察覺之前坐在小吃攤斜對面的兩個男人一直跟在後面。

「小姐。」

韓亞不知道他們是在叫自己。兩個男人長著一臉從事不良職業的面相，一看就不像是好人。

其中一個人又喊了一聲：「喂，小姐。」

韓亞這才回頭，她根本不認識那兩人。

「嗯？」

「跟我們再去喝一杯吧。」

「啊……不太方便。」

「哎唷，妳剛才一直盯著我們看，難道不是想跟我們喝一杯嗎？」

韓亞覺得莫名其妙，一個人喝酒難免會東張西望，剛才只不過看了他們一眼而已，現在他們竟然講出這麼無禮的話。

「不，我已經喝了很多酒，不想再喝了。」

「幹嘛這樣，我們都跟妳走到這麼遠的地方了，妳可別掃我們的興啊。」

「喂，人家都說不想喝了。比她漂亮的小姐多得是，我帶你去，走吧走吧。」

不知為何，那個氣急敗壞的男人拒絕了同伴的勸阻。

「我最討厭妳這種自以為是、目中無人的臭丫頭，妳憑什麼瞧不起我？勾引了人家就要負責啊！」

韓亞恍然意識到過去好一段時間沒碰酒，就是討厭遇到醉漢。男人把手伸向韓亞，韓亞立刻抓住斜背包揮了幾下，但沒揮幾下便被對方抓住了。要丟下包包逃走嗎？會不會沒跑多遠就被抓住呢？韓亞一時難以判斷，手中的背帶繃得緊緊的。

京旻放棄了等待，走出韓亞家的他距離那兩個醉漢有五十公尺遠的距離，而且周圍一片漆黑，根本不可能發現他們。但京旻還是感應到了韓亞身處危險，立刻跑了過去。量身定做的新西裝發出了撕裂的聲音，但他絲毫不在意。

就在醉漢粗魯、厚實的大手要碰觸到韓亞的頭髮之際，京旻一把摟住韓亞往後退去，同時用另一隻手推開了醉漢。京旻用乾燥的手掌遮住韓亞的眼睛。

「誰啊？放開我！」

韓亞開始掙扎，京旻的突然介入和醉漢一樣令她感到不舒服。就在這時，京旻的眼睛和嘴巴同時射出強烈的綠光。

這與之前的情況完全不同，在首爾市中心出現一道巨大的綠色光柱，隨即消失。醉漢們摀著眼睛發出呻吟，住附近的人們都打開窗戶望過來，還有人從家裡跑出來，一時之間變得人聲鼎沸。

「你……你是什麼人？」

韓亞與京旻四目相對，根本搞不清楚發生了什麼事。

京旻小心翼翼地攙扶著韓亞。「現在不是時候，有話我們之後再說。」

韓亞用力推開攙扶自己的京旻。「我問你到底是什麼人?!」

「韓亞……跟我去一個地方好嗎？我有東西要給妳看，看了妳就會明白。」

「我什麼都想不明白。」

整日縈繞在韓亞內心的疑惑、絕望和混亂沿著臉頰流了下來。京旻的嘴一張一闔彷彿有話要說，表情就像壞掉的玩偶。

「就給我明天一天的時間，如果到時候還是不接受，我就離開妳，徹底放手。」

韓亞覺得這最後的請求很合理，只好無奈地點了點頭。

14

如今點綴著整個房間的周邊商品為珠映帶來的只有失落，曾經的喜悅蕩然無存。珠映趴在床上痛苦地寫了一封郵件給阿波羅，雖然之前的郵件從未顯示過已讀。

你在哪裡？

沒有你，或許我還可以活下去，但沒有了你的音樂，我應該活不下去了。

你到底在哪裡？

當珠映意識到阿波羅永遠也不會讀這些郵件時，她變得更加坦誠了。想到也許會在加拿大森林某處發現阿波羅的白骨，珠映感受到一種穿透心口的痛楚。原來心臟的位置在這裡啊。珠映覺得就算阿波羅只剩下白骨，也會是很特別、很漂亮的一堆白骨，說不定敲打一下，還能發出木琴的聲音。

珠映寫好郵件，不抱任何希望地又打開網頁看了一遍新聞；到了新聞時間，珠映打開了電視。全世界那麼多重要的新聞，竟然都沒有阿波羅的消息。人類在治療糖尿病方面取得重大發現；警方將綁架販賣少女的國際犯罪集團一網打盡；在世界的某個角落成立了昨天還不存在的獨立國家……但這些新聞裡沒有阿波羅的消息。

該放棄嗎？珠映躺在床上，望著牆上的軟木板心想，就算去找剩下那幾個人，他們也只會說相同的話，什麼綠色的光……

就在這時，主播說道：「據悉已經查明昨夜十一點四十五分左右，首爾市區出現綠色光柱的原因。這不是異常的氣候現象，而是發明家金某正在開發中的緊急求救燈。請看李基豪記者的報導。」

珠映趕快拿起遙控器提高音量。主播頭頂一側的畫面果真是綠色的光柱。畫面切換，記者接著道：

「昨晚震驚市民的綠色光柱，有別於大家的推測，其實是發明家金京旻先生尚未完成的求救燈。經過確認後，他為驅趕跟蹤、威脅女友的醉漢，使用了開發中的求救燈。鬧事的兩名醉漢分別有過三次和四次前科，所幸金京旻先生阻止了他們的暴力行為。兩名醉漢的視力暫時受到損傷，現已送往附近的大學醫院治療，之後將交給警方。金京昱先生，這真是一款非常有效的攜帶式求救燈。您的發明預計何時量產呢？」

珠映覺得電視裡那個很不自然地在接受採訪的男人十分眼熟。

「我的發明還沒有到量產階段。為了安全，還有很多地方需要進一步改善，而且我也沒有用於其他目的的計畫。非常抱歉，我的無心之過讓大家受到了驚嚇。」

珠映仔細觀察著畫面中京昱的臉，然後在軟木板上找到壓在各種資料下面的京昱的照片。

「綠光！」

由於太久沒有開口講話，珠映一出聲便破了音。她舔了舔乾澀的嘴唇，一把扯下京昱的照片。

看到新聞後受到衝擊的人不只珠映，接過韓亞電話、國情院的政奎也看到了新聞。

「在麻浦區和西大門區看到的？」

一起吃晚飯的同事抬起頭。「你在說什麼？」

「你看到了嗎？」

「啊，你說光柱啊？我是沒看到，但很多人都看到了。怎麼了？」

「沒什麼，有一個舉報電話總讓我很在意，搞不好與那個……」

「你覺得是商業間諜？如果不能確定，就不要浪費時間。你剛進國情院沒多久，最好別惹事生非，否則容易被盯上。」

政奎閉上了嘴。

15

位於乙支路的防身用品專賣店，今天來了兩位平日難得一見的客人。

早上韓亞喝了豆芽醒酒湯，她思前想後，始終覺得不能毫無防備地去見京旻。她上網搜尋了幾家賣防身用品的專賣店，最後來到這裡。

「請問有什麼簡單的防身用品嗎？」

老闆從頭到腳打量了韓亞一番。韓亞心想，這樣盯著自己看是能看出什麼？雖然她感到不舒服，但稍後要面臨的問題更讓她煩心。

「有防狼噴霧器和電擊器，但電擊器需要登記。」

「防狼噴霧應該沒有效果……」

老闆哼笑一聲，韓亞的話似乎傷了他的自尊心。

「防狼噴霧的噴射力比想像中更厲害，對一般人很有效果。說得誇張點，連熊都能趕跑，妳大可放心。」

「可是他不是……一般人。」

「那就選擇電擊器，我可以幫妳代辦登記。」

「好，那就電擊器吧。」

身後的門開了，珠映走進來。韓亞擺弄著手裡的電擊器，沒有注意到剛進來的客人。

「妳需要什麼？」

珠映不假思索地回答說：「槍。」

「瓦斯槍？」

「不，有實彈槍嗎？」

老闆心想，最近的女生都活得這麼危險、辛苦嗎？自己是不是也該給女兒準備幾樣東西防身呢？現在也不是什麼無政府時局，她們幹麼找有殺傷力的武器？不久前，簡單且不需申報的防身用品還很受歡迎，怎麼今天光顧的客人挑的淨是更具殺傷力的武器。

「個人只能持有狩獵用的獵槍、氣槍和霰彈槍，但也只能放在轄區警察局保管，等到狩獵季節才能在指定區域使用。妳看起來不像是要去抓野豬，也不像射擊場的工作人員……」

「沒有手槍嗎？」

老闆說這些話是想嚇唬一下珠映，這小女生竟連眼睛也不眨一下。

老闆長嘆一口氣。「妳稍等一下，我先幫這位客人結帳。」

韓亞拿著電擊器走出店後，老闆一臉為難的看向珠映。珠映眼中充滿堅定、不肯讓步的決心。老闆不由得猜測，難道現在二十出頭的女性都這麼迫切，被逼得走投無路了嗎？這孩子該不會遇到了什麼不好的事吧？還是只是想嚇唬一下那些難纏的傢伙。老闆感到很為難，但他覺得就算開口問，珠映也不會回答。

「小姐，就算妳走遍這附近所有的店家，也不會有人賣槍給妳的，韓國是不能買賣武器的國家。」

老闆最後一次嘗試勸阻珠映。

「我聽說這沒有買不到的東西，不是說只要有錢，連坦克都可以組裝嗎？如果大叔不想做這筆生意，就介紹別人給我吧，我可以給您仲介費。」

看來她無論如何都要買到自己想要的東西……老闆想了想，想起販賣日本拋殼ＢＢ槍的傢伙。但那人做生意不守規矩，品行也不端正，不能讓這小女生單獨去見他。與其介紹給客人，不如把他叫來店裡。雖說改造ＢＢ槍射程在遠距離只是玩具槍，但近距離可是殺傷性武器。高中射擊部出身的老闆，一直很遺憾沒有讓家人喜歡上這項健康的休閒運動。

「雖然不是真槍，但殺傷力不比真槍差。絕不能用來做非法的事……」

「我只是想用來嚇唬人而已，萬一出了什麼問題，我也絕對不會說是在哪裡買的。」

老闆慎重地撥了電話，珠映這才露出滿意的表情，一屁股坐在皮裂開的舊沙發上。

16

京昱把帳篷和各種露營裝備放進汽車後備箱，韓亞還沒有出現。她會不會來呢？來的話反而更奇怪吧。京昱埋怨起把一切搞砸的自己。他清了清喉嚨，打電話給柳利。居然還清喉嚨，也太像人類了吧。想到自己在表演這毫無意義的獨角戲，京昱露出苦笑。

「就是今天。」

「照計畫去山頂求婚嗎？好帥喔！但韓亞有體力爬山嗎？無論成敗與否，都記得告訴我一聲啊。」

今天柳利的聲音沒有一絲敵意。柳利這人就跟甲殼動物一樣，堅硬的外殼內柔軟無比。想到這，京昱露出笑容。

「嗯，好。」

昨天韓亞不安的眼神始終讓京昱放不下心，自己遠道而來，可不是為了看到那種眼神和表情。

「柳利。」京旻叫住正準備掛電話的柳利。

「嗯？」

「就算我和韓亞分手，也很感謝妳。」

「情況應該不至於那麼糟啦，謝什麼謝，搞得好像再也不會見面似的。」

「如果韓亞拒絕我……那只好回去了。」

「回去做朋友？唉，做朋友也為時已晚囉。」

「總之，晚上再跟妳報告！」

「嗯，最近山上也能收到手機訊號。我非常想知道結果喔。」

京旻在等待韓亞時，在腦中計算著時間，最好能在太陽下山前抵達目的地。但就算韓亞不來，他也能理解。就在京旻安慰自己時，看到了從轉角出現的韓亞。雖然韓亞的表情很沉重，但京旻還是很開心，激動之情湧上心頭，他再次確認到這就是愛。京旻挺起胸膛，他的心還沒有放棄，還不是放棄的時候。

兩個人尷尬地打了招呼。懷揣希望的京旻並沒有發現韓亞的背包裡放著電擊器。

韓亞和京旻上車離開後，帽簷壓得很低的珠映從另一個方向走過來。珠映的環保袋裡裝著與真槍的重量、殺傷力相似的ＢＢ槍，她背著沉重的環保袋直奔京旻住處，像住在那裡房客一樣從容地走上沒有保全的公寓樓梯。

珠映來到頂樓按了門鈴，見沒人應門，於是從微開的窗縫確認了內部，屋內沒有人。雖然窗戶有裝防盜窗，但輕輕一碰，一根鐵柱就掉了下來，身材矮小的珠映剛好可以擠過去。珠映脫下大衣，先把大衣塞過去，她環顧一下四周，見四下無人，立刻把身子穿過去。當珠映把頭探進昏暗的室內時，她意識到在阿波羅消失前的自己也永遠消失不見了。她怎麼也沒想到自己有一天會拿著非法改造槍枝私闖民宅，但這些錯綜複雜的思緒並沒有讓她放慢速度、停止行動。珠映必須搞清楚金京旻與阿波羅的失蹤事件是否有關。

珠映脫掉鞋子，把鞋子夾在腋下，擦乾淨留下的鞋印，警惕地環視了一圈並不寬敞的房間。

「搞什麼，這傢伙住的地方怎麼這麼亂。」

一張用途不明的大桌子上擺滿像是只組裝到一半的機器，窗邊有一架長長的、像海盜電影道具的望遠鏡，上面印有千奇百怪的圖案。難道他是非法買賣文物的？珠映又注意到零散地堆放在桌子一角的鑽石。難道他還製造假貨？珠映用手撥了一下鑽石，大大小小的鑽石看起來好像不值什麼錢。一顆黏在手上的鑽石掉了下來。

珠映用顫抖的手打開冰箱，裡面什麼也沒有。就某種意義而言，幸好什麼也沒有。萬一阿波羅的頭擺在裡面……珠映緊張了一下。家裡亂成這樣，發現什麼都不足為奇。珠映突然很好奇，窗邊的望遠鏡對準了哪裡。如果是觀測天體，不僅長度太短，角度也很低。難道他是個變態偷窺狂？就在珠映正要把眼睛對準望遠鏡的瞬間，門口傳來聲響。珠映立刻拿出槍，走到玄關。

政奎走了進來。

「不許動！」

但政奎也舉著槍，而且還是真槍實彈的手槍。兩個人在狹窄的房裡持槍對峙，呼吸變得越來越急促。

搞什麼，又不是在拍ＭＶ！

17

京旻的車上安裝了一部看起來非常精準的導航，韓亞從沒有見過這東西。她為了掩飾緊張與恐懼，率先開口打破沉默。

「新買的導航？」

天啊，我怎麼在害怕男友？我們的關係怎麼會發展到這種地步？原本只是擔心最終會對他失去感情，但作夢也沒想到有一天會怕他。

「不是買的，是我自己發明的。」京旻不以為意地注視著前方回答。

工程科學系畢業居然還能做這種東西？韓亞回想起念大學時，翻看過京旻的課本，一行字都看不懂。雖說京旻也同樣無法理解韓亞的專業，但比起繪畫藝術，京旻看的那些書就跟外星語一樣。

對話暫時中斷了，那不是留白餘裕的沉默，而是充滿不自在的沉默。空氣變得像果凍。

京旻無法忍受難吃果凍般的凝結空氣，開口：「我們好像沒有一起出過門。」

「嗯。雖然這樣講有點白痴，但我不太喜歡旅遊，也不常想到這件事。」韓亞自嘲地回答。

「我可不覺得妳白痴，從來都沒有這樣想過。妳只是想守護原有的、人們覺得理所當然卻不珍惜的東西。我從沒見過像妳這樣過著減碳生活的人。」

聽到京旻這樣講，韓亞稍稍放鬆了些。「你知道嗎？追求減碳生活的人和不追求的人排放出的二氧化碳量，可是相差七倍呢！」

京旻強忍住笑意，這樣的韓亞實在太可愛了。如果像平時那樣稱讚她漂亮，她會這麼開心嗎？

「所以為了讓妳安心坐這輛車，我特地改裝了一下。這輛車體積大，原本很耗油，但現在每公升可以行駛到四十多公里喔。」

「怎麼會？你太厲害了。而且速度也很快，好神奇喔。你什麼時候做了這些事啊？難道你……」

「嗯？」

韓亞遲疑了一下，想了想該怎麼開口。

「也許是因為你朝著更好的方向改變，我才會害怕。你不斷改變，我卻停滯不前，所以才不安吧，對不起。我看了新聞，沒想到你在發明求救燈。我知道你是一個很有想法和創意的人，但沒想到你真的在認真做發明……我還因為不著邊際的想像誤會了你。我昨天喝太多了，才會胡思亂想。說出來會笑死你，不，你應該會生氣，但就算你生氣，我也無話可說。」

京旻的一隻手鬆開方向盤，握住了韓亞的手。

「我知道我讓妳感到不安，但今晚我什麼都會告訴妳，會把一切都展示給妳看。」

「嗯？你在發燒，手好燙。我們要去的地方會不會太遠了？」

韓亞覺得這隻好久沒有牽過的手很燙，觸感也有些不同。難道方向盤上也有熱流？

「別擔心，我這是自行發電。」

「別開這種玩笑。」

韓亞笑了笑，京旻卻笑得很尷尬。就在韓亞思考著那尷尬的笑容哪裡不對勁時，車子抵達了目的地。

今天不是假日，國家公園的停車場空蕩蕩的。韓亞不由地想，就算大喊救命也不會有人聽到吧，但下一秒又努力克制自己別去想這些。他是京旻啊！雖然最近發生了很多讓人費解的事，但他始終都是京旻啊！京旻是不會傷害我的，我只要像平時那樣，像最初喜歡上他時那樣就可以了。準確地講，是我破壞了我們的關係。不要再想了……韓亞努力讓自己保持鎮靜。

「從這裡開始要徒步，妳有穿舒適的鞋吧？」

京旻把導航從車上拆了下來。

「為什麼要帶導航？」

「從現在開始會更需要它，因為必須找到準確的位置。」

韓亞不明白這是什麼意思，大概是需要地圖吧，但步道不是都有標示牌嗎？京旻帶著韓亞走了一段登山步道後，進入了沒有人跡的山路，韓亞開始不安起來。尖銳的草尖掠過她的大腿，吸走光線的黑色樹枝好幾次險些刺到她的眼睛。京旻身上的白T恤在月色下發著光，韓亞努力在那相處多年的背影上尋找熟悉感。京旻的背影總讓她心痛。有時韓亞很想把額頭靠在他凸起的肩胛骨間大哭一場，他卻從不肯停留，總是越走越遠，這讓緊隨其後的韓亞連哭的時間都沒有。每當這時，之前留下的傷口上便又多了一道疤，要經過很長一段時間後，才會長出結實的肉。為什麼現在又痛了起來呢？難道自己還是難以習慣這一切嗎？韓亞沒有想到會再次捲入這種強烈的感情漩渦。

就在韓亞想說「我再也走不動了」的時候，一片空地突然出現在眼前。那片空地既像人工打造，也像是樹木枯萎後形成的荒野。

「到了。」京旻把沉重的行李放在地上。

「你來過這裡？什麼時候來的？」

「我沒來過，但等一下會有東西送來這裡。為了留在妳身邊，我需要簽署各種合約。」

誰會在深更半夜來這種鬼都找不到的地方送東西呢？不可能是快遞……難道是黑社會？

「你該不會牽扯進什麼危險的事了吧？」

京旻覺得韓亞太可愛了，抱著她在她額頭上親了一下。韓亞一時沒有閃開。

「我討厭被親額頭。」

「真的嗎？我都不知道，我好像常常親……對不起。」

這次，京旻吻上了韓亞的雙唇。韓亞明明預料到他接下來的舉動，卻沒有閃躲。不安與懷疑湧上心頭，但為什麼無法迴避呢？韓亞很不喜歡這樣的自己。

「來，我們搭帳篷吧。」

18

「放下槍，放下，妳不放下，我就要開槍了！」

「你先放下。我沒有在開玩笑，我什麼都不在乎了！」

政奎和珠映都不聽對方說話，只自顧自地大喊大叫，槍口變換著角度指向對方。她就是打電話來的那個女人嗎？不，聽聲音不像，而且看起來很年輕，頂多二十出頭，可能還不到二十歲。看她的架勢根本就不會用槍，但槍是從哪來的？是從沒見過的槍型。

政奎察覺出對方不會用槍後，平復了激動的心情。

「妳住在這裡？」政奎用平靜的語氣問道。

珠映猶豫了一下要不要回答。她快速將政奎的臉與調查過的八個人進行比對，但腦海中根本不存在這張臉。他的西裝、皮鞋和髮型，感覺不像是普通人。難道他是警察？眼下沒有比遇到警察更尷尬的狀況了，這下完蛋了……

「我是正在調查這間房子主人的要員。我接到舉報電話，過來確認時發現有人入侵的痕跡。這只是例行公事，沒有要攻擊妳的意思。住在這裡的金京旻已被鎖定為商業間諜及危險人物。請問妳和他是什麼關係？」

「我、我也是，我只是有事想問金京旻，我覺得他把一個對我很重要的人弄消失了。」

「既然如此，我們的目標是一致的，那我們同時放下槍吧。」

珠映覺得政奎不會開槍，因為他的眼睛沒有說謊。自從擔任粉絲團會長以來，珠映也接觸過電視臺各種陰險狡猾的人物，她年紀雖輕，但很會看人。換個角度想，這也算是會看面相。珠映深吸一口氣，靜靜先放下了槍。隨後政奎也鬆開手臂，鎖上安全裝置。

珠映和政奎收起槍後，同時癱坐在地。得益於兩個人機敏的性格，才在短時間內搞清楚狀況。過度的緊張後，疲憊感席捲而來。

「啊啊啊，哪有追愛豆的迷妹……不，粉絲身上會帶槍啊？」

「阿波羅不是愛豆，他是創作歌手。迷妹是蔑稱，我們不喜歡這種稱呼。再說，哪有國情院的人掌握的資訊比粉絲團會長還少？」

「妳說的可信嗎？」

「難道我和那個打舉報電話的女人都出現幻覺了嗎？根本沒有其他說法能解釋這件

事。」

交談後，珠映發現政奎沒比自己大幾歲，但還是決定稱呼他大叔。政奎心想，難道韓國也存在《X檔案》裡那種祕密組織嗎？

「跟大叔聊這件事後，我才覺得自己的想法沒那麼瘋狂了，多少能安心了。」

遇到來調查的國家公務員，這在很大程度上給了珠映安慰。

「那個，我跟阿波羅只差三歲，為什麼他是歐巴，我是大叔……」

「你怎麼能跟阿波羅比！」

珠映一臉無語的瞪向政奎，政奎閉上了嘴。他心想，自己花了幾年準備考試，之後又與上年紀的人共事，大概在不知不覺中，自己也變成了大叔。也許是為了適應職場文化的髮型，才讓自己看起來很老氣吧。

「啊，好餓。我本來打算過來確認一下就回家的。」

「那個不知道是外星人還是變態的傢伙怎麼還不回來？該不會是發現我們了吧？」

「不知道。要請求支援嗎？但如果這件事跟我們預想的不一樣，我的立場就……」

「我們先吃點東西吧。」

「我出去買……」

「叫外賣好了。」

剛才還用槍指著對方的兩人，在京旻的廚房抽屜裡找起了中華料理餐廳的電話號碼。

一個非常奇怪的夜晚就此拉開了帷幕。

19

帳篷很快就搭好了，京旻取出舒適的露營椅和小型暖爐，溫暖的光亮緩和了京旻和韓亞間的空氣。在韓亞的記憶中，京旻是個可以把空氣染成自己專屬顏色的人，他會因為一股異國食物的氣味，牽著韓亞的手走過一條又一條小巷找尋一間新餐廳，還會為一張照片而迷戀上連名字都沒聽說過的國家，去了解關於那個國家的一切訊息，就像前世出生在那裡的本地人一樣，一整年都在和韓亞聊那個地方。京旻總是把精力用在準備旅行上，但韓亞並不討厭對世界充滿好奇的京旻，以及從京旻身上感受到的活力。她始終覺得能與每天發現新事物、對世界充滿好奇的人在一起是件快樂的事。韓亞嘗試重播最初迷戀京旻的那顆心，她相信內心深處，一定儲存著４Ｋ畫質的影片。

兩個人面對面坐了很久，韓亞努力在京旻的臉上尋找熟悉的陰影。那是我熟悉的眉毛和鼻子，就連他緊閉的嘴巴裡的第幾顆臼齒是金牙都知道。

「好奇怪喔，認識你這麼久了，怎麼臉看起來不一樣了呢？」

京旻不作聲地看了看時間。「是時候該到了啊。」

「什麼？」

「啊啊，那個。」

京旻指向天空，韓亞也抬頭望去，只見一條白線快速地移動著，似乎是一顆非常小、卻閃閃發光、正在墜落的星星。

「我們是來看星星的嗎？」

他還沒看膩嗎？怎麼又跑來看星星！不過，那顆星星怎麼還沒消失……韓亞瞇起眼睛想再看仔細一點，但根本沒有那個必要，已經可以很清楚地看到了。

星星墜落的速度非常快，而且變得越來越大。

那不再是白色的光，而是不完全燃燒時的紅藍光，它燃燒著周圍的空氣快速下降。韓亞突然覺得自己彷彿變成了漫畫中的主角，問題是她並不適合那個角色，說得誇張一些，那顆星星就像運動漫畫中的急速火球。難道自己只是演出一集的臨演，只為扮演一個不幸被火球燒焦的守門員。臨死前腦海中閃現的竟然是漫畫，我的人生也真夠悲慘的！啊，感覺要燒到眼前了，快閉上！閉上眼睛！但為什麼閉不上呢！就在韓亞吃力地閉上眼睛時，附近響起一聲非常大的轟鳴聲。

京旻幫韓亞摀住了耳朵。我真是個傻瓜，只知道閉眼睛，怎麼不摀住耳朵呢？動物遇到危險時，不是都會先摀住耳朵嗎！啊，原來遇到危急狀況時，我只會在心裡嘀咕。韓亞嚇得就像路死的動物一樣全身僵硬。京旻為了讓韓亞鎮靜下來，不停在講話，但韓亞什麼也聽不到。看來京旻也嚇傻了，你用手捂住我的耳朵講話，我能聽到什麼？但即使什麼也聽不到，韓亞還是感受到隕石摩擦地表，以及大樹隨之倒地的震動。

隕石在空地正中央停了下來。還以為它會直接撲向韓亞和京旻，但最後在距離他們十多公尺遠的地方停下。地表出現了一個與韓亞身高一樣的深坑，四周的火星燃燒了好一陣子。京旻攙扶失魂落魄的韓亞坐下後，從帳篷裡取來像是冷凍噴霧的東西噴在大坑的四周。韓亞聞到一股從未聞過、非常辛辣的味道。

停止燃燒的隕石散發出異質性的綠光，如同京旻之前射出的綠光一樣。由於受到衝擊，外層物質脫落後，露出內部光滑的金屬。雖然看起來就像陶器一樣白，但的確是金屬。韓亞總算回過神了。

韓亞迅速擺脫京旻跑進帳篷，從背包裡取出電擊器。因為急著打開開關，指甲都弄斷了。京旻默默看著韓亞，一邊從口袋掏出了什麼東西。當韓亞把電擊器對準單膝跪地的京旻的脖子時，京旻雙手捧起從口袋裡掏出的戒指。

在煙霧繚繞的綠光中，京旻擺出極為傳統的求婚姿勢，與韓亞的攻擊姿勢對比，呈現出一幅極為怪異的畫面。

「我也是那樣抵達地球的，用了兩萬光年，只為和妳在一起。」

韓亞強忍住眼淚，但最後還是失敗了。

「京旻……真的京旻在哪裡？」

「京旻用自己的名字、長相、個資……尤其是與妳有關的訊息，和我交換了宇宙自由旅行券。整個交換過程都是自願的，我沒有傷害他，我們是在雙方同意下完成交換的。現在他也許正在銀河系的某個地方探險。妳先放下電擊器，我的導電性很好，不會有問題，我是怕它傷害到妳。」

韓亞沒聽懂京旻，不，是非京旻的人的解釋，但同時她也搞清楚了所有狀況。人類在受到極度衝擊時，大腦會發揮超常作用。韓亞好久沒有感受到神經細胞在加速運轉，當整個運轉過程結束後，她才放下握著電擊器的手。韓亞恍然大悟，最近之所以會萌生奇怪的想法，是因為現實就非比尋常。她用力把電擊器摔在地上，一屁股坐在地上，號啕大哭起來。

「嗚啊嗚嗚啊啊，那個該死的傢伙，我就知道他會這樣。該死的王八蛋，竟然跑到地球外面去了。你怎麼能這樣對我?!」

京旻竟然頭也不回地跑去了外太空。韓亞回想起最後的告別，氣得咬牙切齒。這傢伙根本就像戴奧辛一樣，比霧霾，不，比塑膠微粒、放射性灰塵、二苯甲酮和甲氧基肉桂酸辛酯、廚餘還不如！卑鄙、骯髒、可惡至極！在宇宙最可怕的地方客死他鄉吧……韓亞還想罵更髒的話，但很可惜詞彙量不夠。早知有這一天，平時就該多練習一下罵髒話，真該跟柳利多學學。

等韓亞近似於慘叫的哭聲停止後，京旻露出害怕的表情，小心翼翼地開口：

「我……不可以嗎?雖然一開始該好好地自我介紹，但不管怎麼想，還是覺得這個方法更好。我為了遇見妳，用了兩萬光年來到這裡，放棄了我的星球和一切，還有自由旅行券。說這些不是為了求得妳的理解，也沒有奢求從妳那裡獲得什麼，我只是希望妳可以考慮一下我。需要多少時間考慮都沒有關係，我會一直等的。其實，現在能說出這件事我就已經心滿意足了。即使宇宙再廣闊無邊，有些話還是要面對面說。所以，現在這樣就夠了。」

韓亞說不出一句話。這個來歷不明的外星人到底在講什麼？而且還是以那張最讓自己感到憎惡的臉……我可從來沒有想邀請厚顏無恥的外星生物來地球。

「你到底是什麼？原本是什麼生物？」

京旻稍作遲疑，然後用雙手按了一下下巴，發出了咯噠一聲。只見京旻的下巴掉了下來，一直掉一直掉，感覺可以一直掉到肚臍的位置，但最後還是停在胸口處。少許水蒸氣和微弱的綠光從京旻的身體裡散發出來，韓亞起身往裡看了一眼。

「……嗝！」

韓亞的哭聲停止了，卻開始打起嗝。

韓亞目不轉睛地看著裡面的光景。

根據日後韓亞回憶時的說法，那一瞬間，成為她人生的轉捩點。

20

填飽肚子的珠映和政奎在執行奇妙的埋伏任務時，一起打起了瞌睡，他們當然想不到，遠處的深山裡正發生著驚人的事情。

政奎突然驚醒，難以置信自己竟然在可能發生危險的狀況下還睡得不省人事。幸好什麼也沒有發生。金京旻還沒回來，粉絲團會長仍歪著頭以看起來很不舒服的姿勢熟睡著。

政奎用抱枕推了一下珠映，讓她倒在沙發上。

政奎喃喃自語：「我沒有打人，只是讓她躺下而已。」他還拿起罩在沙發背上的異國風情毯子，蓋在珠映身上。

自從阿波羅失蹤後，珠映已經好久沒有好好睡覺了。珠映是一個從來沒有人保護、年輕又勇敢的粉絲團會長。

「哎，這麼沒有防備意識，還敢逞強。」

政奎拿起珠映隨手放在環保袋上的改造槍，拆開一看才知道那是多麼危險的東西。他想起之前看到日本黑社會在歌舞伎町用類似槍枝犯案的新聞。在政奎看來，這是珠映為對抗外星人做出的最大努力。一般市民之所以會做出這種選擇，是因為對當局不信任，或有關部門的疏忽，沒有認知到事件的危險性，就連自己也是在接到舉報電話很久後才採取行動……

政奎並不是為了可以養老的退休金才成為公務員，他希望為社會做些什麼，成為守護社會安全系統的一份子。但想法與現實相距甚遠，遠到只能哎聲嘆氣。這是一個人與人之間不存在信任的社會，上一代搞砸的世界，我們這一代有能力復原嗎？

我還是先來獲得眼前這個人的信任吧。

為了不再打瞌睡，政奎搬來一把硬邦邦、坐起來很不舒服的木椅，面對大門的方向坐下。他抓起剛才剩下、已經冷掉的煎餃放進嘴裡咀嚼，挺直了腰桿。

21

「你是生物嗎？」

「大概有百分之四十是礦物，應該一眼就能看出來吧？因為無法碳代謝，所以加了各種機械裝置，但別在意這一點。妳這樣盯著我看，真不好意思。」

韓亞難以判斷他到底是因為什麼而難為情，但自己總算鬆了一口氣。雖然京旻覺得像是在展示自己的裸體，但韓亞注意到的是京旻身上以旋轉方式改變結構的礦物，看起來像萬花筒。她微妙地感受到了一種……美妙。

真是美妙的構造。

韓亞心想，等冷靜下來後，還要再仔細欣賞一番。值得慶幸的是，京旻身上沒有鱗片，如果有鱗片應該就會覺得討厭了。不知道是鎮定了，還是受到了更大的衝擊，韓亞已經無法判斷自己的狀態了。雖然打嗝停止了，但橫膈膜和肋骨還是有些隱隱作痛。

「你叫什麼名字？」

韓亞覺得詢問對方的姓名是一種禮貌，這是作為有常識的地球人的禮儀。

「我說了妳也不會發音，隨便妳怎麼稱呼我都可以。」

「好吧，那就以後再說吧。」

韓亞只好暫時稱呼他京旻，反正也沒有其他稱呼。在這只有利用導航才能找到的深山曠野，只有自己和外星人。雖然外星人可怕，但遇難比外星人更可怕。

「你剛才說的自由旅行券是什麼？」

韓亞腦中浮現的是遊樂園的自由券。京旻取來保溫瓶，倒出裡面的濃湯，把麵包丁撒在上面。

「嗯，可以看成是非常稀有的旅行許可證，只會發給三千年都沒有發生過戰爭的星球居民，這是為了防止把暴力傳染給宇宙。」

「那地球就想都別想了。這麼說來，你來自非常和平的星球囉。」

一種從未有過的自卑感油然而生，然而這種自卑感竟不是來自於先進國家，而是先進星球。

「算是和平的地方。我們透過自我分裂進行繁殖，無意識中形成了比人類更加團結的群體。我們既是個體也是群體，與其說我們善良，不如說我們是很無聊的生命體，所以才沒有戰爭。而且我們的望遠鏡技術十分發達，可以觀測到其他星球，也就沒有時間打仗了。」

「望遠鏡是特產？」

「嗯，是用我們身體的一部分熔煉而成的望遠鏡，幾乎可以看到整個宇宙，具體技術對外保密，只能說那是一種結合了高度發達的光學技術和心靈感應的變相物理學規律原理的望遠鏡。」

「你也有那種望遠鏡，然後用它看到了我？」

「然後就愛上了妳。妳知道嗎？因為我愛上了妳，我們星球上的所有人都會夢到妳，但因為是我先看到妳、想著妳，所以我才會來到這裡。」

「為什麼？不是還有很多其他星球，也有很多其他的人啊。」

「啊，我還不太習慣表達，讓我先整理一下思緒再解釋給妳聽吧。也不知道這個問題是否能用語言來解釋……我在家鄉通常都能很流暢地傳達感情，但語言對我實在太難了。」

兩個人安靜地喝起濃湯，京旻整理思緒用了五分鐘左右的時間。

「因為望遠鏡是用身體的一部分熔煉而成，所以當主人睡覺時，它也會自己移動。普通的望遠鏡都是隨機地看向宇宙的各處，但我的望遠鏡不同。當我醒來後查看它看過的地方，發現一直都鎖定在一個地方，那是地球上一個面積非常小的地方。宇宙那麼大，這也太奇怪了，所以有一段時間我都不睡覺，一直在觀察它，很快我便知道它在看什麼了。說起來很好笑，我的望遠鏡比我更早愛上了妳。」

「啊……地球上也有相似的說法，愛不愛一個人，身體比心更早知道答案。」

聽到韓亞開玩笑的口吻，京旻有些不服。

「這樣形容我的感情實在太俗氣了，這是不一樣的！不管怎樣，我看到的妳都是一個有始有終的人，似乎總是在獨自與不確定性對抗。雖然妳以破壞性的種族來到這個世界，卻背離了那種本能。下雨天，妳會小心地把爬到人行道上的蚯蚓移送到花壇裡，把從未見過的鯨魚視為家人。不管是地表的小生物還是海洋裡的大生物，妳都關心。妳不懂宇宙，只是生活在地球上的一個小地方，但還是願意去理解這些個體。我無法理解妳的先驗[4]

4　即先於經驗，認為人的心智形成的觀念和概念具有自主存在的性質，無需經驗或先於經驗就可以獲得知識。

理念。在這個可怕的行星上，人類不斷殺害同類和人類以外的其他生命，但妳為什麼不具備人類整體的特性呢？妳不了解宇宙，但怎麼會穿越宇宙呢？妳明明在遙遠的地方，但我為什麼會覺得妳近在眼前呢？我比那個待在妳身邊的愚蠢人類更了解妳，妳卻不知道，完全不知道。這讓我徹夜難眠，連夢也不會作了。我固態的內心好像變成了我們星球上從不存在的液態。我們的星球沒有液體，大家死後會蒸發變成瓦斯，我仍感覺到自己的心變成了液體。不知從何時開始，我察覺到自己和以前不同了，甚至連操作望遠鏡的方法也忘記，因為它只固定看向一個地方……」京旻喝了口濃湯，緩緩說：「雖然整理了思緒，但好像也沒解釋清楚。」

「嗯，的確如此……但話說回來，那個濃湯到底是什麼啊？」

「我不吃東西的話，大家會起疑，所以在體內安裝了一個燃燒器。很環保，效率也很高。」

「實在聽不懂。」

「那我展示給妳看看？」

京旻正準備打開肚子，韓亞立刻伸手阻止了他。

「不是，我不理解的是……地球上有很多人和我有一樣的想法，環保人士至少也有五億人，我和他們沒有任何不同，你為什麼偏偏看到了我呢？」

「我也思考過這個問題，甚至強迫自己觀察其他十幾億地球人，但始終感受不到相同的感情。畢竟我們的審美標準不同。說實話，無論怎麼觀察，我都看不出人類的美。唯獨妳……我覺得妳很美，美得發光，美得耀眼。」

這傢伙有長眼睛嗎？我不記得剛才有看到他的眼睛啊，美不美，那都不重要，我可不願意遭受宇宙級的私生活侵犯。

「等一下，你那個望遠鏡可以透視牆壁？」

「不、不，只能看到一般的街道。妳店裡的窗戶很大，所以能看到工作時的妳……我想近距離看看妳。雖然我不會碳代謝，還是想吸入妳呼出的二氧化碳。即使觸覺都退化了，還是想摸摸妳的臉和脖子。我們可以聽到的音域完全不同，但我還是想聽一聽妳的聲音。為了妳，為了開發一臺能與妳的感覺同步的轉換器，我花了很長一段時間。」

身為熱情好客的地球人，韓亞聽到這番話後，心情漸漸恢復了平靜。

「那你為什麼要以京旻的臉來見我呢？當然，第一次見到外星人，我是會很驚訝……

但你可以換成鄭雨盛的臉來見我啊！」

韓亞對外星人假借京旻身分接近自己表達了不滿。不管怎麼看，這都是詐騙，而且是宇宙性的詐騙。

「我觀測妳時，也要觀測京旻。雖然按照人類的標準，他不是個糟糕的人，但我很不滿他那樣對待妳，他根本不知道自己有多幸運。但重點是，妳很愛他，那種愛在宇宙中也很稀有，所以我沒有選擇權。我知道向京旻提出交換條件很卑鄙，但也是因為不想嚇到妳。我想在屬於妳的空間和妳在一起。我們無法自然地相遇，所以只能製造這種機會。這些話終於都說出來了。如果妳不喜歡這張臉，那我就換一張。」

「可以換朴寶劍嗎？朴敘俊也行。啊，任時完！還是換成任時完好了！」

韓亞一口氣講了好幾位自己喜歡的演員，京旻卻露出為難的表情。

「我們也要尊重人家的肖像權啊，不過我會考慮妳的喜好的。」

「開玩笑的啦。」

「應該有一半是真心話吧。」

韓亞開玩笑是為了讓自己保持清醒，同時處理掌握到的資訊，但坐在對面的外星人卻不給她思考的時間。

「我的求婚很失敗吧？我和柳利準備了很久，她現在應該在等我的電話呢。」

「呃，柳利這傢伙。」

想到那個最好的朋友兼一起分擔店租的人，韓亞氣得直跳腳。柳利這個自作聰明的傢伙，竟然沒發現京旻是外星人，還瞞著我幫他策畫求婚，她腦子進水了吧。韓亞低頭看了一眼放在簡易桌上、不停旋轉的戒指。怎麼會有這麼稀奇的玩意。

「我怎麼能跟剛認識沒幾個月的外星人結婚呢？」某種程度的恐懼感消退後，一股怒火湧上韓亞心頭。

「這麼說是沒錯，但我還是得告訴柳利結果，所以才問妳的。」眼前這個戴著京旻面具的生物體一臉消沉。「還有……本來不想告訴妳的，怕妨礙妳做決定。但如果我不能證明訪問地球的意義，就無法延長滯留許可。」

「類似簽證的東西？」

「嗯。證明所謂的意義很難，所以我才想用跟妳的關係，就是地球的文件來證明。」

「你……你在你們那裡的評價如何？」

「嗯，大家都說我很勇敢。」

「如果不能證明有意義的關係，那你能在地球待到什麼時候？」

「大概兩年左右，但要是妳不想看到我，我也可以躲到很遠的地方去，像是智利或格陵蘭。」

看到外星人裝可憐的演技，韓亞感到很不耐煩。

「要是我同意了呢？」

「那我就可以一直待到妳死掉為止。」

「你的壽命有多長啊？」

「以地球的算法來看，我還能活八萬年左右，但為了到這裡來已經用掉了很多時間。」

「那我死了以後呢？」

「這個嘛，妳死掉之後，我不知道還會不會想留下來。沒有了自由旅行券，那只好打探一下單程票了。那個隕石就是單程票，雖然不是我的……我為了來地球欠了點債，所以在幫忙做些送快遞的工作。」

韓亞想到最近發生的事，在感到不安前，京旻第一次給了她無微不至的安全感。那是一種非常甜蜜的感覺。

韓亞拿起桌子上的戒指，戴在手上。

我一定是瘋了，一定是某種有毒物質讓我失去了理智……雖然處在恐慌狀態，但韓亞表現得十分平靜。事後韓亞醒悟到，與其說自己的行動是想給這莫名其妙的外星人一個機會，不如說是出於對真正的京旻的憤怒。這憤怒比通過大氣層的隕石表面更炙熱，更需要消耗氧氣。那個可惡、沒禮貌的傢伙只在我額頭上輕輕一吻就跑去宇宙了……韓亞恨不得把自己丟棄在某個地方，但最後她沒有這樣做，而是選擇了和外星人在一起。

「那我們先訂婚好了，訂婚也是一件有意義的事情，如果有需要，我就幫你寫一份證明書。」

「嗯？」

「訂婚不是真的結婚。既然你從那麼遠的地方來，而且我也很好奇。」韓亞自暴自棄地說。

「妳是真心的？」

外星人開心極了，露出像是快要心臟麻痺至死的表情，雖然他根本沒有心臟。

「我們先做朋友，但如果你企圖侵略地球，我們就立刻解除婚約。」

京旻張開雙臂想擁抱韓亞，但韓亞用手指推開了他的額頭，最後兩人握了握手。京旻伸手幫韓亞擦去掛在下巴的眼淚，他的手比京旻的更燙，但那是沒有長過繭的手，是沒有記憶的手。

山裡的冷空氣很快吹乾了臉上的眼淚。韓亞覺得未來會有很長一段時間，心裡還是會流淚，如果自己的心也是那種會發光的石頭，想必也會被眼淚融化吧。韓亞把已經冷掉的濃湯放在桌上。

「那我們整理一下就回去吧。」

京旻把手伸進那個從天而降、來歷不明的球體內部，他的手臂吸收了一道綠光。

此時不管看到什麼都不再驚訝的韓亞問：「你要把那東西轉交給誰啊？」

22

八個小時後，珠映醒了，她睜開腫腫的眼睛。

「這哪是值夜班的態度啊？」政奎開玩笑地說。

「你怎麼不叫醒我？」

「因為信不過妳。」

「我連什麼時候睡著的都不知道。我夢到阿波羅了。」

從珠映的表情無法判斷她作了一個好夢還是惡夢。政奎看了一眼錶，快到上班時間了。雖說他正在執行公務，但這是私下行動，所以不上班就等於是無故曠職。天亮了，一切讓政奎覺得很不真實，為什麼自己會和一個小女生待在這裡，難道一切都是錯覺？他很不喜歡這種脫離現實的感覺。

「那個變態外星人該不會有所察覺、逃走了吧。」珠映在流理臺洗好臉後問道。

「也有可能，我們先撤吧。妳不去學校嗎？」

「我先去學校，然後再過來。你呢？」

「我不確定晚上有沒有時間。話說回來，妳不能攜帶那麼危險的東西到處亂走……」

「我也是走投無路啊！那個外星人似乎會發射雷射呢！」

咔嚓，傳來了開門聲。

「噓！」

政奎和珠映躡手躡腳地移動著方位，舉起各自的武器。不到一天時間，兩個人就產生默契了。門一開，兩人同時把槍口對準玄關。韓亞和京旻愣在原地。

同一時間，早起的柳利替韓亞開了店門，她根本料想不到韓亞和京旻此時正面臨的危機。昨晚錯過了京旻的電話，也不知道求婚結果如何，所以只能一直盯著手機。

「兩個人該不會正在甜蜜蜜吧，怎麼都不打給我？至少也告訴我一聲，真是不講義氣，太不夠朋友了。」

23

緊張的氣氛將四個人團團包圍。面對眼前侵入京旻家的陌生人，韓亞震驚不已。她作夢也沒想到外星人會為了自己到地球來，還以為這輩子的刺激都在昨晚經歷過了，顯然一切還沒結束。難道這就是自己宇宙級的糾結人生嗎？

「你們先放下槍。」震驚程度低於韓亞的京旻說道。

「在判斷沒有危險前，我們是不會放下槍的。」政奎回答。

韓亞覺得他的聲音很耳熟。

「珠映小姐。」京旻看著珠映，道出了她的名字。

他們認識嗎？

「你果然很有問題，竟然連我的名字都知道。你到底是誰？你把阿波羅怎麼了！」

「我和阿波羅是有關聯，但我沒有把他怎麼。準確地說，是阿波羅拜託我把一件東西交給妳。」

「你們在加拿大不是在一起嗎？看流星雨的時候！你殺了他？把他埋了？你不要拐彎抹角，從實招來！」

「我們只是擦肩而過。阿波羅先生現在過得很好。」

珠映一句話也不信，她尖叫：「你不要再胡說八道了！阿波羅人在哪裡？你覺得我在開玩笑是吧？」

珠映朝京旻又靠近了一步。

「等一下，妳先聽我說。我是受阿波羅先生的委託，有東西要轉交給妳。妳先放下槍，妳這樣會傷到韓亞的。」

「我憑什麼相信你這個神經病的話？」

珠映的手臂因難以承受槍的重量開始顫抖。政奎見局面越來越失控，決定先穩住珠映。他把肩膀稍稍貼近珠映，幫助她調整呼吸。但問題並非只來自珠映，感受到危機的京旻嘴裡也漸漸溢出了綠光。開什麼玩笑，這哪是什麼求救燈！政奎感到頭暈目眩，因為眼前的光景正中自己的預感。

「妳這樣的話，我也沒辦法了。就算是受人之託，也沒有韓亞重要。」

站在一旁觀望的韓亞靜靜往前邁了幾步。

「韓亞，別這樣，快躲到我身後！」

「不要過來，妳給我待在原地！」

「幹麼！妳想怎樣？」

韓亞無視三個人的話，慢慢舉起雙手，用手掌擋住了兩個槍口。那緩慢的動作帶有讓人難以反抗的氣勢。

「沒事的，你們先聽他把話講完。京旻，你也把嘴裡的光關掉。」

「但是……」京旻遲疑了一下。

「我摘戒指囉？」

「好，我關。」

在時針快要變換數字以前，政奎打電話到辦公室謊稱身體不舒服，等看完醫生後再去上班。因為他也想聽聽京旻會說什麼，雖然不是很確定，會不會是自己想聽的內容。

24

四個人圍坐在餐桌前，京旻端來茶水和零食。雖然保存期限快到了，但至少還沒過期，吃下去應該沒問題。政奎先端起茶杯，懷疑地聞了聞氣味。

「那可是很常見的地球產紅茶。」京旻沒好氣地說。

根本沒打算吃東西的珠映再次問道：「你說他在……宇宙巡演？」

「是的。現在應該還在銀河系。我們聽說宇宙最大的經紀公司一直很想邀請阿波羅巡演，沒想到他真的同意了。畢竟他得因此放棄至今在地球上的成就，而且身體也存在危險。」

「他這個貪心鬼……真是拿他沒辦法。」

珠映興奮得不知道自己是想哭還是想笑，想躺下還是想狂奔了。

「這是很了不起的挑戰。阿波羅在最近的採訪中提到，他希望透過這次挑戰，確認音樂是否真的是一種普遍性的藝術形式。他真的很有野心，不僅要接觸與之前不同的聽眾，還要嘗試自己聽不到的音域。他很想把這件事告訴妳，又不能說得太具體，因為牽扯到合約保密的問題。」

「他是言出必行的人。他有跟我提過巡演的事……」

「如果妳在這個月內出發，也許能趕上巡演。昨晚票已經送到了。之前我得先交出妳的人體資料，所以在妳家外面進行了掃瞄，沒想到我的舉動引起這麼大的誤會。早知如此，就該提早向妳說明一切。但妳會不會相信我說的，又是另一個問題了……」

「你至少該嘗試一下。」

「我覺得最理想的情況是，等收到票再告訴妳這件事。」

「這跟理想的情況差得也太遠了吧，我還以為你殺了阿波羅！」

珠映突然感到一陣飢餓，她拿起桌子上的零食放進嘴裡，但政奎還沒有消除心中的疑慮。

「為什麼傳達消息這件事會交給素不相識的金京旻……不，應該是說戴著金京旻面具的你呢？」

「我為了來地球欠了很多債，所以在做一些跑腿的工作來還債。」

「我想看一下文件。」

「我也要遵守規定，無法馬上提供。但我會聯絡負責人，他們會透過複雜的流程與你取得聯絡。」

「我們要怎麼相信你的話？」

「大叔，你就相信他吧。不相信嘴巴會放光的人，還能相信誰？」珠映轉而斥責起政奎。

「你們不相信的話，可以隨時來找我或韓亞。」

韓亞在冷凍庫裡翻出不知何時買的吐司，外星人徒手用生鐵鍋烤起了麵包。

「妳要收下巡演的票嗎？如果不想可以退回去，退款期限還沒到。」

「……先給我看看吧。」珠映猶豫不決地回答。

京旻的手臂泛起亮光。也許是因為沒睡覺的關係，韓亞竟然冒出了一個天真想法：這種手臂很適合去看演唱會耶。

「為了防止強搶，只有包括猶豫在內的各種負面情緒低於百分之二十以下，才能傳送和接收。雖然宇宙有和平的區域，但我們也會穿越很多無法治地帶，才有這種政策。」

「那要用什麼方法才能接收呢？」

「只要像握手一樣握住我的手就可以了。」

「如果我猶豫不決呢？」

「那就無法傳送了。」

「那我就收不到了嗎？」

「我會等妳，多試幾次就好，不用急。阿波羅定的時間很寬裕，一直試到成功都沒問題。」

「這不可能……」珠映瞬間瞪大了眼睛。

「嗯？」

「這不可能，既然阿波羅邀請了我，我怎麼可能猶豫，根本是百分百的確定。好，把票給我吧。」

見珠映把手伸向京旻，政奎一臉嚴肅地喊：「喂喂，妳再冷靜想想……」

「你現在是在對我大吼大叫嗎？」珠映突然冒出一股火。

「沒有，我一時心急，所以聲音大了點，但妳還是好好想想再決定吧！」

「不管想多少次，答案都一樣。要知道，有時候一個特別的人比一顆星球更有意義。雖然有的人可以理解，有的人無法理解，但對我來說這個問題的答案很明確。我要追隨他，追隨我的偶像。」

聽到珠映的回答，京旻連連點頭，露出親切的微笑看向韓亞。

韓亞也看向他，低聲問：「她會不會有危險？」

「旅行本身就充滿了危險。」

京旻不假思索地承認了這一點。

「我甘願承受。」

政奎聽到珠映的回答，昨天一直憋在心裡的話脫口而出：「他既不是妳的家人，也不是妳的男友，不過就是個明星，有必要做到這個地步嗎？」

珠映對政奎感受到一股奇妙的感激之情，她正色道：「如你所言，因為他是明星。如果失去了重力，他還是明星嗎？如果可以不迷戀他，我也能過不同的生活，但有時候，放棄抵抗更有效率。來吧，外星人大叔，把手給我，我有百分百的確信。」

珠映握住了京旻的手。

一道綠光從一個人的手臂轉移到另一個人的手臂，隨即綠光便熄滅了。

「哇，這樣就搞定？特效也太弱了吧。」珠映低頭看著絲毫沒有變化的手。

「妳沒事吧？」政奎按捺不住好奇，用手指戳了幾下珠映的手。

「有點……熱呼呼的！」

「真是太了不起了，猶豫指數還不到百分之五。」京旻也很驚訝。

韓亞突然產生了疑問，真正的京旻和外星人交換旅行券時，是不是也像珠映一樣毫不猶豫呢？他的猶豫指數是百分之幾？那百分之幾中，又有多少是因為自己而舉棋不定？

「這張票要怎麼使用呢？」

「會有接駁車來接妳，具體地點我再告訴妳。」

「接駁車？」

「可能要去很遠的地方，因為接駁車只能著陸在人跡罕至的地方。在此之前，妳還要打好預防針，提前服用藥物。詳細準備事項我會再告訴妳。出發前，盡量保持健康。」

珠映和政奎從椅子上起身，度過一個奇妙之夜後，是時候重返日常了。京旻和韓亞拖著疲憊不堪的身體送走珠映和政奎，韓亞覺得很累，京旻看起來也很疲憊。

「你最好小心點，居然還上了電視。」政奎臨走前嚴厲地提醒京旻。

「當時情況緊急，我也是迫於無奈，你不會把這件事告訴其他人吧？」

聽到這個問題，政奎轉頭問韓亞：「嗯……妳真的沒事嗎？」

「嗯？」

「我問妳沒事嗎？」

韓亞想了想，我沒事嗎？幾個小時前，我跟這個與交往十一年的男友互換身分，又隱瞞了我三個月的外星人訂婚了。我真的可以說自己沒事嗎？

「嗯，我沒事。」

這不是可以立刻做出判斷的問題，但韓亞還是先回答了。

「如果有什麼事就打給我。」政奎把寫有直通電話的名片遞給韓亞。

「謝謝。」

走出大門前，珠映問了最後一個問題：「我們是不是在哪裡見過？」

「是啊，難怪我覺得有點眼熟。」

25

走出京旻家的政奎和珠映也馬上道了別。經歷了昨晚的潛伏，兩人產生一種微妙的親密感，那不是男女之情，而是一起面對外星人的同志情誼、人類愛和兄妹般的親密感。但政奎和珠映都不會輕易承認這種感情，因為他們的性格都很木訥。

「大叔要去上班？」

「當然囉。」

「昨天謝謝你，還好不是一個人等外星人，不然會很無聊。」

「妳真的要去嗎？」

「嗯。」

「還是乖乖待在地球吧！」

「哎，又來了。」

「地球上除了阿波羅，還有很多不錯的明星啊。」

「誰？」

「比如……嗯，這個嘛……」

「我對阿波羅的感情不是愛，那是比愛情更長久、更確實的感情。」

「就算是這樣也別去。」

「到底為何不讓我去！」

「到了那邊，如果也像現在這樣只是站在遠處喜歡他，那和留在地球有什麼分別？找一個疼愛妳的人，陪妳一起看星空、默默支持他就好啊。」

「話雖如此，但跟著他到處跑巡迴，說不定能拉近距離啊，畢竟在外星人之間，我們可是同類。」珠映吃吃笑了起來。

「這就不一定囉，那裡可能也有很多來自地球的旅行者。之前的金京旻不是也在那裡，說不定失蹤人口都跑去宇宙了。這樣好了，妳去了以後如果覺得阿波羅沒有魅力了，就趕快回來。」

「也許我會迷上比阿波羅更帥氣的外星音樂人唷。」

珠映只是嘴上這樣說，她心裡很清楚就算是到了宇宙的盡頭，這種事也不可能發生。

如果宇宙真的存在永恆不變的元素，珠映的心絕對會是其中之一。

「把那把劣質槍交給我，反正到了宇宙也只能用雷射槍。」

珠映覺得這說法很有道理，乖乖交出了槍。

「我們來握一下手吧。」政奎伸出手。

珠映卻有些遲疑。「哎，握手有點那個，萬一票傳給你了怎麼辦。」

「好像不是這種原理吧。」

但兩人都不能確定，於是最後只輕輕互撞了一下肩膀。

「萬事小心。」

「到了那裡如果能搞到票，我也寄給你一張，休假時來玩吧。」

「我今年年假都用完了。」

珠映和政奎分別走向不同的方向。

兩人再也沒有見到彼此。正因如此，那次相遇才更加深刻，以至於日後想起對方，都會不由自主地笑出來。像他們這樣一起經歷奇異事件的人，怎麼可能輕易忘記彼此呢？

在同一個時間點，兩個人都笑了。一個人身在首爾，另一個人則在前往宇宙的路上。

26

送走不速之客的京旻和韓亞躺在陽光下，韓亞連坐著的力氣都沒有了。

「啊，終於鬆了一口氣。」

京旻坐起身俯視韓亞。韓亞感受到京旻的視線，覺得鼻子癢癢的。真是奇怪的外星人，難道是要發射什麼電子光束嗎？

「拜託妳以後不要再做出剛才的舉動，那可是槍！」

「你才不要那樣做吧！在市中心發出那種綠光會惹人懷疑的！」

「我是怕妳受傷……」

「雖然我不是塊石頭，但也沒有你想像得那麼脆弱。」

京旻的表情看起來無法認同。

「失去妳的話，我的旅行就沒有意義了。」

韓亞再次思考起關於猶豫的問題。兩萬光年的距離，有多少人可以毫不猶豫地穿越兩萬光年到地球來呢？也許只有外星人可以做到這一點吧。

「你不會考慮放棄的那些東西嗎？你還欠了很多債啊！」

「妳真的不在意我是外星人嗎？」面對表情複雜的地球人未婚妻，京旻提出反問。

「不管你是外星人還是地球人，穿越兩萬光年來見我，這件事本身就會讓人產生好感。別多想，不是什麼特別的好感，只是基本的好感而已。」

韓亞最終承認了。京旻聽到這句話，稍稍把臉側向了韓亞。就在這時，韓亞的手機響了。

「啊，是柳利。」

幾個小時後，柳利開始懷疑坐在眼前這對情侶是不是在山上誤吃了毒蘑菇，兩人不斷重複相同的話，柳利只覺得荒唐可笑。韓亞固執地一再重複著相同的內容，京旻中途還出去買了三明治回來。

「妳說京旻是什麼？」

「我說他其實不是真正的京旻，他是外星人。」

柳利看向京旻，京旻拚命點頭。柳利一直仔細確認這兩人的瞳孔，不知道是該送他們去醫院，還是馬上幫他們洗胃。聽說這附近的智能取物櫃裡發現了毒品，雖然韓亞和京旻不像是會碰那種東西的人，但也有可能是被人偷偷下藥了。

「雖然這件事不能告訴我爸媽，但我覺得應該讓妳知道。妳是我最好的朋友……不，我們情同姐妹，已經超越了朋友關係。」

柳利翻了一下韓亞的眼皮，又摸了摸她的額頭，最後還幫她把了脈。見韓亞沒有什麼特別異常，只好作罷。柳利不禁有些後悔做了件不符合自己性格的事，幹麼管別人的閒事，最後還要聽到這種不著邊際的故事。

柳利用指甲刮掉工作臺上乾掉的顏料。

「那，求婚呢？」

韓亞伸手展示了一圈圈旋轉的寶石戒指。

「嗯，那就好，恭喜妳！」

「就這樣？」

「不然呢？」

「妳不反對我和這個半礦物的綠色外星人結婚？」

「……等那個蘑菇還是什麼的效果過去後，我們再聊吧。」

面對柳利異常平靜的態度，韓亞莫名生起了氣。

「妳要真是朋友的話，就該認真聽我說，然後勸阻我！妳非但沒這麼做，還慫恿他向我求婚，妳真是……！」

看到韓亞激烈的反應，京旻感到驚慌失措，他伸手拉住韓亞的手。

「韓亞，妳為什麼要生氣，還說要反對我呢？」

柳利開始對這場對話感到疲倦。

「算了，管他是外星人還是內星人，總比之前那個不懂事的傢伙好。我更喜歡現在的京旻，雖然不知道他改變了什麼，但我覺得很好！至少他對妳很好！」

「還是柳利最好，謝謝妳。」

京旻咧嘴笑了，他伸出手掌想跟柳利擊掌，但柳利沒理他。

「真是的，看了真不爽。」

韓亞的情緒又開始激動，但她也說不清為什麼。

「別再說這些沒用的，趕快工作吧，妳都玩了一天了，還要混到何時？京旻你也回去吧。」

京旻剛走出店門，韓亞便朝窗外揮起了手。京旻幾度回頭，才漸漸走遠。搞什麼，感情這麼好，還說那些莫名其妙的話。柳利輕輕拍了拍韓亞，覺得人生實在有些疲憊。韓亞坐在縫紉機前一邊喃喃自語，一邊開始工作。

柳利戴上隔音耳塞，安靜地畫起成雙的鳥兒。今天似乎很適合畫一對鴛鴦。

韓亞思考著與外星人男友正式約會的場所，最後選擇了遊樂園。雖然想了很多地方，但越想越複雜，因為連身為地球人和韓國人的自己也不知道哪裡才是最具有地球特色和韓國風情的地方。遊樂園什麼都有，歡樂的氣氛似乎也能消除尷尬，沒有話題時隨便玩些什麼都行。最重要的是在人多的地方，京旻的行動也會比較謹慎。

「你來過遊樂園嗎？」韓亞問道。

京旻就像迷了路的孩子一樣目瞪口呆地站在原地，兩隻眼睛忙碌地轉來轉去，觀察著陌生的環境。

「沒有，但我聽說其他星球也有這種地方。我昨天做了調查，但跟實際看到的又不太一樣。」

「真的是第一次啊。那你想玩什麼？」

「我看到這裡有類似太空旅行的遊樂設施，我想玩那個。」

「喔，那個，我也好久沒玩了，那我們就去玩那個吧。」

這是一個很糟糕的選擇。也許是因為第一次玩太過刺激的遊樂設施，京旻不僅放聲大喊，整張臉也變綠了，這讓韓亞感受到另一種意義上的恐懼。京旻緊閉的嘴角和眼皮，甚至連耳朵也溢出了綠光。

韓亞立刻伸手摀住他的耳朵：「不行！你不能發光，振作點！搞什麼，我們都還沒坐倒立的雲霄飛車呢，你這樣可不行啊！」

當雲霄飛車在不知道是用保麗龍還是用什麼粗劣的人造樹脂做成的恆星與行星之間旋轉時，外星人發出令人嘆為觀止的慘叫，連坐在韓亞和京旻身後的國中生都把注意力從雲霄飛車轉移到京旻身上，盯著京旻笑了起來。短短的幾分鐘成了韓亞生命中最漫長的時刻。

從雲霄飛車下來後，京旻發出了乾嘔聲。

「你有液體嗎?不是只是固體嗎?」

「可能是感知轉換器出了問題……」

由於京旻站不穩腳步，兩個人只好坐在長椅上休息，韓亞哭笑不得又擔心地看著他。

「哇，太逼真了吧。」

「什麼？」

「這個遊樂設施非常逼真地重現了太空旅行。」

「喂，你不要說謊！」

「真的，真的是這樣，簡直一模一樣！」

「真的？我還以為太空船很舒適呢。電影上演的，你們只要在冷凍艙裡睡一覺，醒來就能抵達目的地了。」

「當然也有那種太空船，但我坐的不是那種。」

「為什麼？」

「因為我沒有那麼多錢，況且地球尚處於危險區域，航線也不足。我的處境也考慮不了那麼多。」

「危險區域」一詞微妙地傷了韓亞的心。

「為什麼？說到危險，你們外星人才更危險吧。動不動就發光，看起來更暴力啊。」

「不是，我的意思是環境本身很危險。」

「哪裡有比地球更適合生存的地方？」

「我想說的是，不是所有生命體都會碳代謝，地球隨著時間，也會變成有害環境的。」

熱愛地球的韓亞搖了搖頭。

「我不懂那些……你先坐在這等我一下。」

「妳要去哪？」

京旻慌張地抓住韓亞。韓亞噗嗤出聲，感到荒謬又好笑，過去幾個月裡，我竟然害怕這個跟笨蛋一樣的外星人，別說征服地球了，這傢伙連雲霄飛車都不敢坐。

「你等一下，我馬上回來。」

京旻也想站起來，但雙腿還是無力。消失在人群中的韓亞過了一會後，拿著棉花糖跑回來。

「給你，這是獎品。」

「獎品？」

京旻被棉花糖的觸感嚇到了，看來感知轉換器並沒有問題。

「你那麼辛苦地來到地球，當然要獎勵一下囉。」

京旻一臉懷疑撕下一小塊棉花糖放進嘴裡，隨即發出了「啊哈～」的驚嘆。

「如何？」

「比想像得更甜。」

「就說吧！」

「我是說妳。」

京旻的意思是韓亞比棉花糖還要甜。在他醞釀其他詞彙時，兩人忍不住一起笑了出來。讓韓亞驚訝的是，她發現自己很喜歡這個直言快語的外星人，當然也有可能是因為遊樂園的歡樂氛圍。韓亞買來一隻空飄氣球，繫在京旻的手腕上，他們決定只坐緩慢移動的遊樂設施。雖然這樣有點浪費自由券，但韓亞想到京旻都把宇宙自由旅行券給了別人，便覺得無所謂了。京旻開心不已，拿著氣球不停跟韓亞嬉笑打鬧。

韓亞再次驚訝於自己內心萌生的想法——

你不要飛走喔。

28

在獲得接頭座標前，珠映就整理好行李了。只用幾個大行李箱就整理了地球上的人生，心情真是難以言喻。珠映申請了休學，雖然知道不會再回來，但她覺得這樣更自然。出發前，她還含糊其詞地跟家人和朋友道別，但因為大家一直都覺得她精神有問題，只把精力放在做什麼粉絲團會長上，如今看到她終於清醒，就只是很平靜地祝她一路順風。珠映讓自己不去想日後他們可能會感受到的失落，連與家人吃最後一頓飯時也在想，也許我是一個令父母感到羞愧的女兒，但我會努力做一個不讓你們丟臉的地球人，不做一個醜陋的地球人。

京旻打來時，珠映很慶幸終於可以結束這種等待的狀態了。

「我不確定到了宇宙會發生什麼事，妳真的想去嗎？」

「我的猶豫數值仍維持在不到百分之五。」

京旻沒再多問，直接把準確座標用簡訊傳給珠映。座標位於紐幾內亞。珠映心想，看來紐幾內亞將是自己在地球上看到的最後一道風景了。她感慨萬千地訂了機票。

京旻和韓亞為了送珠映一臺特殊的導航，特地到機場為她送行。珠映想到因為自己沒調查清楚，差點害他們陷入危機，不好意思地紅了臉。

「幹麼還特地來送我。」

「是韓亞想來送妳。」

京旻和韓亞幫珠映托運好行李，站在後面望著她辦理登機手續。

「她真的要去喔？」韓亞難以置信地問京旻。

「嗯，因為她的猶豫數值很低。」

「竟然是紐幾內亞，上次不是加拿大嗎？」

「每次都不一樣。」

「我們是不是該陪她一起去呢？至少一起到紐幾內亞。」

韓亞的心意感動了京旻，他伸手輕輕摟住韓亞的肩。

「那是必須一個人完成的旅行，而且她腦子裡想的全是那個人，不會有事的。」

三個人在出境入口處做了最後的道別。

「都怪我誤會了你們……真的很抱歉，也很感謝你們。」

「是誰都會誤會的，路上小心哦。」

「等我回來時，妳該不會已經變成老婆婆了吧。希望地球不會被猴子占領。」

「猴子？」搞不清楚對話脈絡的京旻詫異地反問。

「他還沒看過電影。京旻，我以後再解釋給你聽。」

「等我到了紐幾內亞再打給你們。韓亞姐，我把不穿的衣服都寄到妳店裡了，如果用得上就拿去用吧。」

「好，我也有一件事想拜託妳。」

「什麼事？」

「如果妳在宇宙見到跟他長得一樣的傢伙……」

這幾個月來，韓亞和京旻都在避談真京旻的事，所以聽到韓亞突然提起他，外星人緊張了起來。

「替我狠狠踢他一腳！」

「好，我會毫不留情、狠狠地踢下去！」

韓亞和京旻隔著玻璃門揮手，直到珠映消失為止。

兩個人走到機場旁的公車站，大排長龍的公車排放的黑煙，嗆得韓亞連聲咳嗽。

「那個，太空船都用什麼燃料啊？」

「輕型太空船會在大行星附近儲存光能和熱能，也會從地球沒有的各種物質中提取燃料。」

「礦物燃料在你們那裡想必已經過時了吧。」

京旻微微一笑。韓亞回想了一下，原來的京旻也有過這種表情嗎？她感到混亂，覺得自己好像在跟兩個性格完全不同的雙胞胎交往。

「妳是擔心礦物燃料嗎？那我來研究一下地球可以使用的其他能源好了。」

「這也做得到？你可以試試嗎？」

「要考慮必須是專利到期的技術，也不能違背地球文明，而且我還不能從中獲得經濟利益，但總會找到方法的！為了妳，我會努力！」

韓亞又問了一個很想問的問題：「你不想去旅行嗎？連我這種不喜歡旅行的人到了機場，都想旅行了。」

「不要忘了，妳就是我的旅行。」

韓亞害羞地隨便指著一輛公車說車來了。在她伸出的手指上，那枚戒指的鑽石正閃著光，不停旋轉著。

柳利的丈夫建造被動屋的工程告一段落後，回到了首爾，他從柳利那裡聽聞京旻的事，產生了好奇，於是提議邀請韓亞和京旻一起吃飯。懶惰的柳利總是把家弄得亂七八糟的，現在不得不來個大掃除，雖然嘴上嘟嘟囔囔地碎念，卻也露出期待的神情。

柳利和丈夫先小別勝新婚地獨處了兩天後，才邀請韓亞和京旻來，他們去吃了柳利家附近的素食餐廳，四個人都很喜歡。看到柳利丈夫健壯的手臂，韓亞更加確信只有吃肉才能維持強壯身材的說法是個謊言。

「最近新開了很多素食餐廳，都滿不錯的喔。」

「變化好大，幾年前出門吃飯都找不到素食餐廳呢。韓國真不愧是發展變化快的國家，有時候變化快也算是好事。」

「完成那麼大的工程也不見你露出疲態，看起來反倒更健康了。」

「可能是在鄉下待久了的關係吧。」聽到韓亞的稱讚，柳利的丈夫笑了。

柳利的丈夫很熱情，工作不忙時還會親手做些小巧樸素的傢俱當作禮物送給朋友。雖然柳利平時就像隻溫順的大狗狗，但偶爾敏感起來也教人招架不住，所以韓亞覺得，能夠包容她不同面貌的丈夫是個很好的伴侶。

「如果人們不吃牛肉，就可以對減緩地球暖化有很大的幫助呢……」

「牛也很可憐，而且牛的甲烷排放量簡直超乎我們想像。」

說到這裡，韓亞想起幾天前京旻排放的有色氣體。如果當時是在公共場所，麻煩就大了。

「如果大家都能吃素就好了，當務之急是阻止全球暖化。大家真的可以認真考慮吃麵包蟲攝取蛋白質。」

聊到全球暖化的問題，四人的臉色都變得黯淡無光。

「對了，嗯……聽說你是外……國人？」柳利的丈夫邊留意隔壁桌邊問道。

「啊，是、是的。」

京旻近來學會了含糊其詞的講話方式。雖然京旻和柳利的丈夫之間流淌著略帶尷尬的空氣，但兩人很快便熱烈討論起綠建築的新技術、原料和未來發展，還聊了太陽能電池和地暖熱水系統、採光和通風，以及隔熱材料和剩餘電量等問題。

「我們找到一種含有植物油的壓縮板來當隔熱材料，效果非常好。」

「哇，那耐久性如何，可以使用幾年？」

原本還一起參與話題的韓亞和柳利，不知不覺地聊起了其他話題。

「聽說經紀公司要為阿波羅開什麼追思演唱會呢，怎麼辦，人家明明活得好好的。而且還要設立什麼阿波羅音樂獎。」

「要是現在他回來，可就麻煩了。」

雖然四個人聊著不同話題，但晚餐吃得非常愉快。柳利的丈夫和前京旻話不投機半句多，但他似乎很喜歡現在的京旻，甚至邀請京旻到工地現場幫忙。

「謝謝你這樣說，但我和韓亞相處的時間很有限。」京旻笑著婉拒了。

韓亞覺得每週只要約會一次就好，但現在的京旻如果一天見不到她就會焦躁不安。最初兩人為了這個問題起過爭執，但很快韓亞便領悟到，這個問題源於彼此壽命差異而導致的觀點不同。即便如此，為了培養外星人的社交能力，韓亞還是覺得他應該多交些朋友，甚至想告訴他，除了自己，其他人也都很好。

「就去幾天吧，會很有趣的。」

韓亞也想獨處幾天，她始終認為，強弱中強弱的節奏適用於所有關係。京旻不在的期間，韓亞度過了久違的閒暇時光。其實過去幾個月來，她一直處在很奇怪的緊張狀態。與外星人交往，韓亞莫名地覺得自己變成了地球的代表，一言一行都十分謹慎小心。當然從外表來看，他們和走在街上的其他情侶並無差異，京旻只不過是來自一個更遙遠的地方而已，但韓亞還是覺得自己代表著一個區域。

靜下來專注工作的時間難能可貴，加上手頭的事有些麻煩。店裡來了五位從高中起便是朋友的客人，委託韓亞用小時候大家一起買的友誼T恤重新做幾件衣服。雖然韓亞也有一、兩個像柳利那樣的好友，卻沒有成群結隊的朋友。她覺得這樣的友誼很神奇，所以更希望做出令客人滿意的衣服。韓亞計畫根據五個人現在的生活方式進行設計，但問題是他們珍惜的友誼T恤不僅都起了毛球，好幾件的圖案也掉了色，布料也都變得很鬆。韓亞很喜歡把一件衣服穿很久的人，現在卻成為傷腦筋的問題。高中生零用錢有限，那時候的五個人想必也買不起什麼好布料的衣服。

經過一番苦心構思，韓亞做出了女款襯衫、正裝襯衫、夾克、裙子和背心。根據五個人不同的職業，這些衣服都很適合上班、參加聚會或看表演時穿。韓亞在衣領、衣服下襬或袖口處，使用友誼T恤的布料當作內襯或點綴，五件衣服乍看成熟穩重，但也不失休閒感。在至今為止的所有案子中，這次設計最令韓亞滿意。她把這次的設計案收錄在作品集裡。當然，作品集並沒有要寄到哪裡，這些紀錄更近似於相薄或日記的概念。

工作結束後，一種新的情感瞬間湧上心頭。

「好想他。」這句話脫口而出。

該死，我竟然在想外星人！我已經習慣他了，不喜歡兩個人天天黏在一起的我竟然習慣了。

這……也太不可思議了吧……

30

雖然氣氛已經成熟，但他們之間仍有很多問題要解決。

首先是京旻的身分和稱呼。他與前京旻完全不同，若以同樣的外貌繼續交往，只會製造出更多尷尬和混亂的狀況。每次韓亞叫他時，總覺得哪裡怪怪的，京旻對此也很苦惱。他們針對是應該繼續維持京旻的身分，還是創造一個新身分展開了長達兩週的討論。如果重新創造一個身分，需要哪些條件呢？前京旻原本的身分又該如何處理？雙方的意見總是無法一致，有時即使勉強同意對方的說法，但沒有考慮到的其他因素，又會把問題拉回原點。

「如果我們刪除京旻的身分，那等於是要把他偽裝成失蹤或出意外，這不就跟阿波羅的情況一樣嗎？當然，他跟阿波羅相比不是什麼重要人物，但要怎麼向他的父母和親友，以及那些認識他的人交待？」

「但事已至此，他現在也不在這裡，可能正坐在太空船的靠窗位置開心地航行呢……

也許妳覺得這是我們的責任，但我不認為那些人在情感上將受到的衝擊，是我們該承擔的。」

「我也是這樣想……但還是覺得像在殺人。」

京旻留在地球、留在韓國的不是身體，而是訊息，是大家的記憶和與之建立的關係，這比身體更加真實，刪除這些訊息是不可能的事。最終，韓亞和京旻做出出乎意料的結論，他們決定維持京旻的身分。

「是啊，創造一個新身分不是不可能，但一定會很不真實。不僅需要長達數十年的訊息量，要是設計得太馬虎，還很容易引起別人的懷疑。」

「引起懷疑時，也很難保證會像現在一樣游刃有餘地應對。」

有趣的是，京旻的家人和那些總愛高喊友誼萬歲的朋友，都沒有察覺京旻變成另外一個人。說實話，這讓韓亞毛骨悚然。真正的京旻消失在太陽系之外的某處，截然不同的另一個生命體取代了他的位置，但察覺到不同的人竟然只有自己。原來的京旻究竟過著怎樣的人生？

京旻很小的時候，母親就去世了。不久前，父親再婚，此時正忙著適應新家庭。唯一的哥哥宣稱出國留學後就再也不會回國，在國外與美籍華裔的對象結婚後，即使休假也沒回首爾，而是去了芝加哥。韓亞回想起與京旻交往的這些年，從沒見過他和家人講電話，他也沒有感情特別深厚的祖父母、叔叔、阿姨、姑姑或堂兄弟等親人。

京旻的朋友和他一樣都是輕浮、單純的人，聚在一起只會吵吵鬧鬧、喝到爛醉，隔天醒來腫得像豬頭一樣，連衣服和鞋是誰的都不管，就隨便亂穿上身走人。這樣的一群人，根本沒有發現細節變化的能力。最近因為京旻好幾次拒絕跟他們見面，被罵得狗血淋頭，但他們根本不知道真正的京旻發生了什麼事，只覺得現在的京旻都是在裝乖、裝懂事。

想到這裡，韓亞終於醒悟了一件事：也許自己是唯一綁住京旻的錨，但這個錨太柔弱輕飄了。早已一無所有的京旻做好了隨時離開的準備，最終選擇離開地球。愛情是無法取代所有關係的，更不可能成為將一個人束縛在世界的鎖鏈。只有愛情遠遠不夠，韓亞必須承認這一點。收起錨的京旻，將會以多快的速度前進呢？

想通這件事並不容易，但得出結論後，韓亞在某種程度上不再怨恨京旻了。他選擇離開不是因為我，不是因為不愛我，只是我們的愛不足以讓他留下來。一個人不可能取代質量與質感不同的關係，這不是能力不足的問題，而是根本無法實現的一件事。

雖然京旻離開了，但他把名字、外表和記憶留在了地球，成為完全不同的生命體。雖然這是他們倆自願簽署的合約，但擁有新身分的生命體總覺得虧欠於他，因為自己如願以償地和活生生的韓亞在一起了。

「原來的京旻，祝你航行順利。」

外星人偶爾會高舉酒杯，望向窗外的夜空。

31

京旻用韓亞不理解的各種技術申請到專利權後，轉手賣給了大企業，最後用賺到的錢買下了規模不大但狀況不錯的一棟大樓，搬了進去。

「雖說到地球來不是為了讓大企業賺大錢，但我現在急需一筆錢……真是慚愧。」

突然做出這個決定，是因為京旻需要一個建造潛水艇的空間，大樓地下室成了最佳場所。韓亞覺得好笑又奇異的是，即使京旻變成了業主，但以宇宙的標準來看，他還是貧困潦倒。為了來見韓亞，京旻欠下以地球貨幣無法償還的巨額債務，因此一直做著各種不可思議的工作。京旻說這次要負責的工作是潛入深海，向那些數萬年前因內亂流亡到地球的外星人，傳達內亂已經結束的消息。

「什麼內亂能持續數萬年啊？」

「所以宇宙旅行自由券只會簽發給沒有戰爭的星球啊，這是很了不起的榮譽吧！」

「你又開始炫耀自己星球的文明了，真討人厭。」

能開這種玩笑，表示兩人的關係又近了一步。韓亞在面對各種奇異狀況時都能淡然處之了。京旻在地下室裝了鐵門，又在牆上貼滿隔音材料。韓亞幾乎每天都會來工作室。

「無論去哪都買不到深海潛水艇，真傷腦筋，連買個零件都這麼麻煩……要是真沒辦法，只能聯繫國際軍火商了。可是這樣搞不好會被ＣＩＡ盯上，被國情院發現也很麻煩……妳看我工作不會無聊嗎？有趣嗎？」

「有啊，這可不是隨便能看到的。」

「既然妳每天都來，那不如就住在這裡吧。」京旻見韓亞一愣，立刻補充：「有一個房客打算搬走。不是要妳跟我住在一起，我的意思是讓妳住那間空房，這樣我們就能住在同一棟樓了。」

「嗯，我是沒問題，但不知道我爸媽會有什麼反應。」

韓亞的父母舉雙手表示贊成，看來他們是不想再跟長大成人的女兒擠在一個狹小的屋簷下了。韓亞心裡很不是滋味，雖然跟父母住在一起是出於經濟考量，但也是為了留在身邊照顧他們。他們就這麼想把女兒趕出去嗎？韓亞碎念著收拾好在別人眼裡看來就像是垃圾的行李，搬進了京旻的大樓。

韓亞搬進頂樓樓下的房間，她很開心有了屬於自己的空間。兩個人天天見面，但當京旻察覺到韓亞想要一個人時，便會識相地走開。韓亞覺得也許是感知轉換器的緣故，讓外星人比地球人更懂得察言觀色。

但當韓亞適應了環境和京旻後，開始覺得每次為了找京旻說點什麼事或吃飯都必須穿過走廊，再爬上另一頭的樓梯實在很麻煩。既然每天都像松鼠一樣，忙碌地樓上樓下跑來跑去，不如想個解決辦法。於是兩人討論後，決定請柳利的丈夫幫忙。柳利的丈夫忙裡偷閒趕回首爾，幫他們在各樓層的兩個房間之間搭建了一座簡易樓梯。就這樣，兩個房子合併成了一個複式結構的房子。

很快地，位於樓下韓亞的空間與樓上京旻的空間界線變得越來越模糊。某天早上，當韓亞睜開眼睛，突然意識到自己正跟外星人同居。一切發生得既自然又循序漸進。

儘管困難重重，潛水艇還是完成了。京旻用借來的卡車拖著那來歷不明的東西出發後，家裡只剩下韓亞一個人。韓亞打掃了自己房子裡的每一處角落，整理了不知是屬於哪一個京旻的雜物，還更換了浴室碎掉的磁磚，在有異味的地方點燃了大豆蠟燭。當她把收集在一起的塑膠袋疊好後，突然覺得好想他，好想京旻。

這種想念與之前不同，送走前京旻時的想念教人渾身發癢、坐立難安，但現在即使彼此相隔遙遠、知道他正在深海之中，也感到心安。

韓亞坐在樓梯上心想，原來等待也可以是一件愉快的事。這又是一種全新的體驗。

32

「我們週末去看鯨魚吧！妳喜歡鯨魚吧？」

聽到京旻這樣問，韓亞楞楞地反問：「坐潛水艇去嗎？」

「不，感覺生病的鯨魚快要上岸了，我們去幫助牠們吧。」

後來得知，宇宙的鯨魚型智慧生命體非常擔心地球上的鯨魚，為了幫助牠們，還成立了一個救助團體。韓亞覺得這大概就像生活富裕的親戚幫助貧苦的親戚吧。為什麼人類不能更關懷鯨魚呢？韓亞覺得很慚愧，但想到可以親眼看到鯨魚，還是很興奮。

凌晨時分，韓亞和京旻駕車行駛在高速公路上，抵達浦項近郊的海邊時，果然看到了幾十條鯨魚被海水沖上了岸，狀態十分糟糕。

「牠們這樣會被人發現的，有些人覺得鯨魚肉好吃，一定會趁機獵捕牠們。」

「那我們趕快把牠們送回大海吧。」

京旻取出一顆顆大型軟質膠囊，有的像韓亞的前臂一樣大，有的則有大腿那麼粗。韓亞站在遠處心想，鯨魚吞下這麼大的藥丸，喉嚨應該也會痛吧。

「等藥效發作後，我們再把牠們送走。對了，妳想不想和鯨魚說話？」京旻說著，從後備箱取出一臺舊式收音機。

「用收音機嗎？」

「別看它很舊，這可是能和鯨魚型智慧體溝通的翻譯器，就連NASA也很想得到這東西呢。地球上的鯨魚應該也能用它溝通，妳不要害怕，靠近一點。」

韓亞走到最小的鯨魚身邊。

「你好！」

我肚子好痛。

「很痛嗎？」

痛到呼吸困難。

「那我幫你灑點水？」

我是哪裡出了問題呢？

雖然這不是鯨魚的意圖，韓亞仍感到愧疚。想到一片狼藉的海洋，她便無法再為人類做出任何辯解。人類把垃圾全部丟進大海，排放汙水和廢水，導致海水水溫不斷上升。即使油輪翻覆沉沒，也沒有人會對這些事負責。

「對不起，真的對不起。」

肚子好痛，我是哪裡出了問題呢？

呼吸困難。

魷魚都去哪了？

哪裡出了問題呢？

「牠一直重複相同的話。」韓亞看向京旻。

「鯨魚不知道哪裡出了問題，正因為不知道……所以需要我們的保護。」

京旻用小而堅固的牽引器把鯨魚拖回了大海。在鯨魚游遠前，京旻一直站在海水裡揮著手。雖然海水淹過了腰際，但他一點也不覺得冷。

韓亞沒有經常跟京旻去工作現場，她不喜歡旅行，京旻也不希望韓亞太常暴露在危險中。平時吃過晚飯後，韓亞會悠哉地用望遠鏡觀測宇宙。即使不了解這麼小又舊的望遠鏡的運作原理，也不理解京旻所說的鏡片是身體一部分的意義，韓亞還是對其他星球的文明產生了淡淡的眷戀感。

韓亞先看到了京旻的星球。那顆星球散發著黃鐵礦般的光芒，偶爾還能看到熟悉的綠光。

「那些綠光都是人嗎？」

「可能一半是人，一半是鏡片。」

想到也許那顆星球上的人也在觀望自己，韓亞朝那些不知道是否該稱為京旻的兄弟姐妹、還是什麼的個體揮了揮手。京旻說過，因為群體的無意識，所以因為自己愛上了韓亞，整個星球的人都會愛上她。韓亞莫名感受到了那份穿越宇宙的愛。那是一顆看似每個人都擁有各自表面上、有意識的感情，其實在更深處卻緊緊連結著彼此的星球。雖然韓亞難以理解這種既單純又複雜的感情，但內心並不排斥。

「我覺得大家很快就會離開那裡。」京旻的眉間皺起四條皺紋，表情十分嚴肅。

「為什麼，那裡不是很棒的地方嗎？」

「雖然很棒，但那裡太……舒適圈了。」

「那有什麼不好？」

「雖然很舒適、和平，但大家都對不假思索地靠出芽繁殖法持續分裂自己感到厭煩了。很快移居率就會爆增的。」

「大家都會像你一樣離開那裡？」

「嗯，大家都會用望遠鏡找到某個人然後離開。我覺得似乎是我帶動了流行，我也有責任……」

「那個出芽繁殖法到底是怎麼回事？」

韓亞問了一個既好奇卻又不太想問的問題。

「就是從身體長出小芽，然後等它長到一定大小後便會分離出來。但我不會這樣做的。」

「為什麼？」

「因為不想讓跟我一樣的人感受到孤獨。」

韓亞的心情突然變得很複雜。她想像著那顆星球上的人們在愛著的或將會愛上散布在宇宙各處的某個存在。但因為集體的無意識，京旻也會微弱地感知和憧憬他們的那份愛吧。想到這裡，韓亞心中升起了嫉妒的情緒，但她分不清那是希望京旻只愛自己的嫉妒，還是也想一起感受到那無數條愛的支流的嫉妒。

幾天後，韓亞小心翼翼地提起這件事。

京旻認真地說：「大多數人就只是在望遠鏡前單相思而已！我們這一代，只有我一個人，我是第一個來地球找你的人。妳要知道這是很罕見的。」

「你真勇敢。」

「大家都應該擺脫舒適圈，明明都有自由旅行券，卻還是猶豫不決。」

韓亞低聲喃喃道，如果能那樣就好了，希望大家都能出來闖一闖。雖然不想承認，但韓亞心裡清楚，京旻的到來是一種幸運，一種宇宙的幸運。這個半礦物生命體的開創性進化，是以偉大的犧牲為基礎的奇蹟。

無論把這稱為什麼，韓亞都很喜歡那些站在望遠鏡前的夜晚。有時，她甚至搞不清楚自己越來越喜歡的是京旻，還是那些夜晚的時光。

遙遠宇宙的光芒，無聲地落在了京旻和韓亞的夜晚。

33

有時，京旻也會接到一些很過分的任務。比如休火山突然開始活動，委託人要他去拖走藏在那裡的太空船，或是尋找離家出走跑到地球來的外星青少年，再不然就是調查非法走私地球資源的集團。最讓韓亞震驚的一個是可惡的宇宙軍火商，在聯合國教科文組織指定的世界文化遺產下藏了大量武器。

「真是，他們怎麼能在別人星球的珍貴文化遺產下面做出這麼粗魯的行為，居然把文化遺產當成火藥庫！」

「是這樣的，宇宙的武器比地球的安全很多……現在問題在於不能讓別人誤以為我是盜墓者……」

有些任務完成得很順利，但也有遇到危機、以失敗告終的時候。顯然還債不是件容易事。韓亞覺得這都是因為自己，不免心存愧疚。

「為什麼整個宇宙都那麼資本主義呢，根本和地球沒兩樣啊！」

「對不起，如果我是富裕的外星人就好了，但是我很窮。」

說著，京旻調轉望遠鏡的方向，向韓亞展示了在遙遠的某處，大家為尋找取代資本主義而付出的各種努力。

「之前在那顆星球上居住著一群人，每當他們感到痛苦時，身體最脆弱的部位就會凝結出珍貴的結晶。為了給更痛苦的人最大的補償，他們把那些結晶視為最高單位的貨幣。」

「為什麼那裡現在變成了廢墟？」

「後來，所有人開始自殘，大家漸漸對悲劇、痛苦和怪異的事上了癮。如果伊底帕斯去了那裡，根本無法和他們比擬。」

京旻又調整了一下望遠鏡。

「什麼也看不見啊？」韓亞揉著眼睛問。

「因為什麼也沒有。那個座標以前是能夠交易機會、可能性和平行宇宙的行星，後來內部發生爆炸，最終消失了。說得好聽點是可能性，但都只是抽象的概念，要是處理不好就會很危險。」

「真令人難過，難道我們就只能一直欠債了嗎……」

「其實整個宇宙也都認同資本主義並不完善，只要我們持續做出新的努力和嘗試，說不定總有一天可以擺脫這種殘酷的現實。地球也是很有趣的樣本，或許在這裡，可以找到非常不同的替代方案。」

京旻不愧是古老的生物，他的想法既現實又充滿希望。

韓亞突然意識到自己出生在一個沒有宇宙公認貨幣、貧窮潦倒的星球上。值得慶幸的是，阿波羅和珠映賺了很多宇宙外匯。珠映寄來一個完全看不懂的播放器，裡面存有阿波羅演唱會的影片，他們看起來過得都很好。只是因為版權問題，播放器只能播放一次。

有時，也會看到非常悲慘的畫面，棲息在冰雪星球上的高智慧瓢蟲的最後一刻就是如此。準確地說，那不是瓢蟲，但因為牠們長著不算很紅且透明的圓形翅膀，上面帶有斑點花紋，所以韓亞堅稱牠們很像瓢蟲。

用冰塊建造、密集且美麗的那座城市，即使只是透過望遠鏡觀望也十分壯觀。如此壯觀的星球卻失去了數百年來的穩定性，漸漸變成一個溫暖的地方。所謂的穩定性看似堅固，其實很容易被摧毀。

差不多有超過一半的瓢蟲都上了逃生的太空船，剩下的瓢蟲則留在了那裡。

「為什麼牠們不離開？」

韓亞心急如焚，朝那看似很近，但實際上非常遙遠的地方伸出了手。如果可以讓牠們爬到自己手背上，幫助牠們逃離險境該有多好，但她只能眼睜睜看著牠們放棄逃生。京旻調整望遠鏡的倍數，解讀了選擇留下來的瓢蟲們的宣言書。

「牠們說不想忍受宇宙的浩瀚無垠，希望把長途旅行所需的有限資源讓給下一代。」

就這樣，韓亞和京旻只能束手無策地看著遠方的文明一點點融化，一對對帶有不同斑點的透明翅膀消失不見了。雖然那是一顆直到最後仍耀眼無比的星球，卻是韓亞不忍再看到的畫面。

自那之後，韓亞不斷思考著自己從未體驗過的浩瀚無垠，她覺得宇宙中所有活著的生命，都或多或少地融入了那種浩瀚無垠。雖然有的人只是淡淡地有所察覺，但也有人在用彷彿會刺痛表皮般的強烈感受，去摸索內心深處那狹窄、冰冷且空蕩的空間。只是瓢蟲的感受更強烈罷了。難道我們不是也在漸漸置身於那又黑又冷且毫無盡頭的地方嗎？希望那些成功逃生的瓢蟲可以平安抵達一個永恆不變的樂園，希望長途旅行不會為他們帶來任何改變。

韓亞喜歡沒有危險性的外星人，雖然京旻不是很歡迎外星人來投宿，但偶爾也會接待一下。這樣既可獲得可觀的附加收入，而且和熙熙攘攘的觀光客在一起，無形間也能讓自己的心情豁然開朗。

「無論是外星人還是外國人都一樣，沒什麼不同。」韓亞對柳利說。

看到用摩擦音極大的外星語激烈討論年糕串和辣炒年糕差異的外星人，韓亞心想，看來明天應該為牠們介紹一下宮廷炒年糕和即食炒年糕了。

平易近人的地球民宿主人。

韓亞希望暫時維持這個身分。

35

「給妳看一個很像地球的地方，但那裡跟地球發展得很不一樣。」京旻說。

在韓亞看來，那裡的確很像地球，最重要的是，那裡的外星人都和地球人一樣直立行走，只是牠們都有十二根長長的手指。

「我有時都懷疑地球的十二進制是從那裡傳來的，你說呢？」

外星人長著和人類相似的眼睛，只不過兩隻眼睛之間存在著一定的間距。雖然他們沒有鼻子和嘴巴，但整體輪廓還是和人類極為相似。特別之處在於牠們都沒有穿衣服，只拖著長到地面的頭髮走來走去。京旻調整了一下望遠鏡，韓亞這才發現那不是頭髮，而是細長的藤蔓。

再繼續觀察，發現那些外星人會散開來、各自占據一席之地後，把十二根腳趾插入土中，頭上的葉子便舒展開來了。那些葉子就像小天線，每個人的臉上隨即流露出非常開心的表情。雖然牠們只有眼睛，表情卻很豐富，那種溫暖的喜悅，就連遠在地球的韓亞都能感受到。

「直到這裡，我們的進化過程都是相似的，但從某一個基點開始，牠們會放棄自身一部分的動物性，頭頂的藤蔓起初應該是寄生植物，但現在已經徹底與牠們融為一體了。」

「他們是在進行光合作用，所以才沒有鼻子和嘴巴嗎？」

「嗯，很了不起吧。」

「那他們怎麼溝通呢？」

「用超乎尋常的手語，也會進行筆談。」

「哇，我好想去那裡！」

「但以觀光地而言，那裡沒什麼人氣。」

「為什麼？」

「雖然宇宙生態千差萬別，但無論哪種種族，都需要吃飯、睡覺和上廁所的地方，可是那裡什麼也沒有。」

據說，那些光合外星人沒有想過建造那些不必要的設施，牠們不是討厭來訪者，但也不喜歡有人來跟自己搭訕。由於曾有觀光客在那裡惹事生非，造成了銀河系的問題，所以牠們開始嚴格控管來訪的外部人士。

光合外星人只需從溫暖的陽光中攝取養分，還會交流環遊宇宙的美夢、故事和各種奇思妙想，其中有很多了不起的創新概念。但這些內容就是只是隨便亂寫亂畫在地上，沒有認真記下來。隔壁星球的外星人看到牠們如此浪費驚人的才能，都感到可惜，於是發射了人造衛星，拍攝並保存下那些文字和圖畫。

「這難道不算盜竊行為嗎？簡直就跟帝國主義國家的博物館一樣！」

韓亞認為這是很不妥當的行為。

「的確如此，但牠們也同意了。雖然是迫於一直被打擾覺得很麻煩，最後還是答應了……牠們的確幫助了整個宇宙。其他星球也達成協議，不管發生任何事都會保持那顆星球的原貌。目前為止，大家都很遵守約定。」

光合外星人用十二根手指在地上寫字和畫畫的樣子，無論何時看都不覺得厭煩。有時，牠們的頭髮藤蔓還會開出像牽牛花那樣的花朵。京旻不在家時，韓亞也常常在大半夜爬起來觀望牠們。

那裡成了韓亞最喜歡的星球之一。特別是在工作不順利時，韓亞經常會望向那裡。驚奇的是，觀望牠們時會不斷湧現新的靈感。韓亞不禁覺得，也許這些靈感都是牠們傳送給自己的。

36

宇宙也有富含惡趣味、但執行力極強的怪人。一位地球愛好者小規模地再現了「第二地球」。但與名字不同，那顆星球一點也不像地球。更令韓亞震驚的是，很多人能從看起來足足有七層樓高的建築跳下來，竟然都能安然無恙。

「他們又不是貓，怎麼可能都沒事？」

「啊，他們都是『貓男』，一點都不像貓，但都擁有一副非常強健的膝蓋喔。」

「那裡只有男人嗎？為什麼？」

「可能是創造那顆星球的地球愛好者沒有掌握到正確資訊吧。雖然他蒐集了大量地球相關資訊，但統整時出現誤差。我覺得應該不是金錢或技術問題，那個人應該沒來過地球。聽說他是被流放到那裡的罪犯，但大家都對這個話題避而不談。」

那個人憑藉對地球執著的愛和扭曲的想像力創造的生命體，雖然形似地球生物，卻都有著陌生的樣貌。除了貓男，還有像食人魚一樣的人面魚、長著三顆頭的狗和有蝴蝶翅膀的狒狒……雖然牠們起源於地球，卻都不是地球存在的生物。但比起這些，另外一件事更加震撼。

「居然還有天使……」

「嗯，翅膀很酷吧？但聽說翅膀長出來時超級痛。最近那個人出版了自傳，上面寫說就像長出臼齒一樣痛。在經歷過完全沒有必要的痛苦後，天使再也不服從創造自己的地球愛好者，徹底推翻了體制，現在成了那顆星球的主人。」

「那有人去那裡玩嗎？」

「大家來地球的途中會把那裡當成休息站，其實也是想跟地球做一下比較啦。」

「看來那裡沒有一個真正的地球人囉。」

「不，有一個地球人。地球愛好者非法綁架了一個地球人，而且還是韓國人喔！那人出生在龍仁市，本來想憑藉從小打工的經驗在國外的遊樂園找份工作，結果被綁架了。地球愛好者死後，他重獲了自由，但還是選擇留在那裡。據說他在跟天使交往，正處在熱戀期呢。」

「居然真有外星人綁架地球人這種事啊……」

韓亞突然想到了正在宇宙某處流浪的前京旻，希望他一切平安，日後可以到那個奇妙的休息站看看。韓亞會想起前京旻，絕不是因為還對他存有愛意，而是出於早已昇華成友誼的情誼。

現在的京旻常常寄一些關於地球的準確資訊，以及在那邊可以使用的工具到天使的星球，最近他寄了一箱最新版的《孤獨星球》和棉花糖機。天使開心極了，回了一封用羽毛筆寫的感謝信。

至於韓亞和京旻拜訪「第二地球」，則是很久以後的事了。

「我懷孕了。」柳利邊用毛筆作畫、邊若無其事地說出這句話。

韓亞震驚地停下了縫紉機。

「保險套好像破了，應該仔細檢查一下的。」

「什麼？」

「事已至此，想到那孩子突破保險套破洞的機率來到人間，所以覺得應該把他生下來。」

韓亞發出從未有過的歡樂尖叫聲。雖然沒有找到合適的語言，但已經充分傳達了祝賀的意思。

「我根本沒打算生孩子。就像妳說的，地球上已經太多人了，應該讓出一些空間給其他生物。嘖，偏偏人生就是這麼無常。」

「把孩子培養成一個優秀的環保主義者吧！我們也需要幫手。」

「什麼幫手，聽起來一點都不厲害。」柳利嘻嘻一笑，接著又一臉嚴肅地問：「話說回來，有件事我一直都很好奇……嗯，你們怎麼做那件事啊？」

「啊……嗯……跟你們一樣。」

「怎麼可能一樣，他不是半礦石做的嗎？既然是半礦石，那裡是不是很硬啊？」

「礦石的部分在很裡面，一點都不硬。他的身體相當於一種套裝，帶有很多感測器。因為我喜歡，所以又為我多做了幾個。」

「天啊，簡直就是一個性感玩具嘛。」

「但如果非要說跟真正的肌膚有什麼差異……他整個人都很燙，可能是散熱問題。」

「看來京旻……來地球前做了不少研究。」

「好像真的是這樣，他還會講一些連我都不知道的人體祕密。」

「像是？」柳利雙眼閃著光。

「妳知道嗎？我們的身體裡有一條肋骨沒有跟任何骨頭相連。京旻說，那是孤獨的肋骨。」

「好無聊，一點都不情色，我才不好奇這種事。還有呢？」

「他比之前的京旻更……」

「更？更什麼？更大？」

「更有在一起的感覺。」

柳利發出抵制的噓聲，韓亞笑了。她覺得擁有這種在一起的感覺，與京旻是不是外星人沒有任何關係。

「我期待的完全是不同的事。」

「妳到底在期待什麼？近距離看他的確是有點不同。特別是頭髮……怎麼說呢？頭髮似乎過於均勻地分布在頭皮上了。他說越是追求自然就越不自然，所以看上去有點像假髮。刮大風時，頭髮也不會被吹亂，就算吹起來也會原封不動地恢復原樣，就像樂高積木。」

「無聊死了。我姨丈的頭髮也那樣，這有什麼好稀奇的。」

雖然京旻在柳利眼中是一個無趣的外星人，但她和丈夫還是拜託了京旻一件事。假如有一天小行星突然與地球相撞，地球面臨滅亡的話，一定要帶他們的孩子逃生。京旻帶著沉重的責任感答應了他們的請求，為此開始把地下室的潛水艇改造成太空船。

「如果妳想要孩子，我可以利用京旻的基因訊息做出來。」

京旻這樣講的時候，韓亞搖了搖頭。

「看來他是連看都沒看就簽字了，居然連基因訊息都給你。」

「要是我遇到特殊情況，像是需要用棉花棒擦拭口腔時，就得用到他的基因，但合約上並沒有限定用途。」

「所以才說要仔細看合約，這笨蛋……總之，我不想要孩子。地球上的人類太多了，再這樣下去會突破九十億、一百億人口，到時候情況會糟得更無可挽回，必須提升不生育的人口數才對。雖然我很為柳利開心，但不要孩子也是我的信念。」

韓亞說完，京旻點了點頭。京旻像韓亞一樣熱愛她的信念，他覺得在韓亞體內，也有一塊發光的石頭。

韓亞想過，要是哪天真的結婚，一定要選在十一月，雖然不喜歡旅行，但新婚旅行還是要去的，這樣旅行旺季中的六、七、八、十二月到二月就自動淘汰了。韓亞不想要在春天，與其說是不喜歡那個季節，不如說是討厭「春天的新娘」、「五月的新娘」那種特定說法，所以只剩下九、十和十一月了。設計婚紗也要考慮天氣問題，氣溫不冷不熱的十月也被淘汰。最後在九月和十一月中，以十一月為主題的歌曲雖然數量有限，但歌詞都很優美，所以她決定選十一月。這是極為主觀的篩選過程。

步入與京旻交往第三年的八月，韓亞想像著十一月的冷空氣，刺激鼻腔的清爽感和初冬空氣中含有比夏天更讓人心情愉悅的芬香粒子。韓亞喃喃自語，看來就是今年十一月了，早就決定好的十一月，與其說成是決心，不如說韓亞覺得是時候該結婚了。如同地球這個巨大的鐘錶不停旋轉，韓亞也是自然而然地意識到該做這件事，要慢慢著手準備了。

韓亞忙裡偷閒地做起婚紗，她用未經漂白、視覺感溫暖的米色面料作襯底，加上幫客人做衣服後剩下的白色系布頭完成了自己的婚紗。這些布頭用如同十一月大海般蔚藍的線縫製而成，使得整件婚紗呈現出用藍色連結新與舊的感覺。

柳利後知後覺地才意識到韓亞在做什麼，她假裝不知情地跑到外面打給京旻。求婚大作戰結束後，兩人仍保有奇怪的同盟意識。京旻比地球上的任何一個未婚夫都高興，他也開始用自己的方式為結婚做準備。

沒有柳利的介入，韓亞和京旻足足過了三個月後才主動聊起結婚。站在京旻的立場，他之所以沒有先開口，是不想強迫韓亞。而韓亞考慮的則是，難道婚姻不是一種只存在於地球上的制度嗎？

「我們做出這樣的決定，是因為你留了在這裡。」

「嗯。」

「如果不結婚，一直保持這種狀態的話，你會突然離開嗎？」

「這很難做出準確的判斷。因為政策一直在變，對『有意義的關係』的標準也說法不一。雖然不結婚會被懷疑是假移民，但我們一起去接受感情測試的話，一定可以通過的。我怎樣都好，全聽妳的。」

「在宇宙的大家都是怎麼生活的呢？」

「有跟地球相似的地方，但也有很多不同，通常大家都是以多個個體組成一個單位的家庭生活在一起。」

「多個個體組成一個單位……我喜歡這種生活方式。要是有生活伴侶法就不會有那麼多煩惱了，真不知道為什麼不立法。我們結婚吧，乾脆結掉算了。」

看到韓亞果斷地做出決定，京旻笑了。

「太好了。這樣一來，不但我留在這裡的問題解決了，有了明確的文件證明，我們以後一起去太空旅行也會很方便。」

「我不去，我要死在地球。」

「別這樣，開放一點嘛。」

京旻溫柔地把韓亞擁入懷中，他喜歡韓亞來做所有重要的決定，也喜歡這種直言不諱、坦誠以對的關係。京旻知道韓亞擔心的是，地球上的婚姻制度會帶來不幸的婚姻，但因為是韓亞，所以他相信彼此的關係不會朝那個方向發展。

「我不想浪費，也不想找婚禮顧問。」

京旻也很贊同，雖然自己準備要花很多時間和心力，但如果能減少碳排量和垃圾，婚禮才更有意義。

首先要做的是布置屋頂的天臺，天臺上有一個花園，只是一直無人打理。決定在天臺舉辦婚禮後，韓亞和京旻把花壇稍做了一些調整。反正邀請的人只有親戚、柳利一家人和幾個認識的朋友，也不需要太大的空間。韓亞用朋友捐贈的一些缺角或掉漆的器皿，裝飾出曲線柔美的花壇，還種了很多即使在十一月也不會凋零的植物。為了面對惡劣的天氣，韓亞還找來廢棄的廣告橫幅做成天幕帳搭在屋頂。

「我結婚時只隨便找了間禮堂，看到你們這樣，真是了不起啊。」柳利感嘆。

「那時妳還在公司上班，又忙又累，根本沒有精力做這些事。」

「也是，不過那時候真的很像是站在一個大型商業輸送帶上，明明結婚是很私人的儀式，卻一點也沒有那種感覺。」

「自己辦是很好，但太傷腦筋，頭都快痛死了。」

最大的問題還是食物。招待客人的食物既要美味，又要考慮碳排放量和食物垃圾的問題。經過一番苦思，韓亞最後決定以自助餐的方式，準備了海藻刀削麵、菜乾麵疙瘩和麻婆豆腐。這樣客人便可以自己選擇喜歡的食物和決定吃多少了。

「飲料呢？」柳利問了一個很重要的問題。

「飲料還沒有想好。」

「那我來榨果汁，再泡點水果酒！」

「會不會太麻煩妳了？」

柳利從父母經營的果園拿來一堆水果，充分發揮做水果酒的實力。做水果酒時，她突然意識到自己未來會有很長一段時間都不能喝酒了，莫名地感傷起來。婚禮前一週，柳利打開瓶蓋，一股熟透的香甜氣味撲鼻而來。

京旻的滯留負責人——「地球亞洲區大使」擔任婚禮的證婚人。韓亞不知道他明確的職務是什麼，也不知道他來自哪顆星球，只知道他現在在歷史悠久的新德里大學當人類學教授。證婚人的韓語也非常流利，所以韓亞對家人謊稱他是京旻認識的教授。

說謊讓韓亞心裡很不痛快，她向京旻抱怨：「隨便請一位教授就可以了啊，雖然京旻的學分很差，但他跟教授的關係都很好。」

「但請他來，可以讓我們的婚禮看起來更有公信力啊。」

京旻對這點相當堅持，那股氣勢彷彿像要帶韓亞移民到其他星球一樣。

「也是啦，他如果能親眼見證，就不會突然把你趕出地球了。」

韓亞同意了由外星人擔任證婚人。雖然很難猜測證婚人的性別——當然韓亞也不好奇——但看到證婚人以一身女性套裝登場，韓亞覺得很滿意。

天氣預報說婚禮那天的降雨率高達百分之六十到七十，但當天並沒有下雨。雖然不知道這件事是否與京旻有關，但韓亞很開心可以收起天幕帳，在藍天下舉行婚禮。柳利的預產期快到了，韓亞很擔心她不能來，但幸好未來的寶寶在媽媽肚子裡又忍了幾日。京旻的父親和繼母，以及難得回國的哥哥一臉尷尬的出席了天臺上的小婚禮。京旻家親戚不多，到場的多是他的朋友。韓亞的父母分別換上了女兒用柔軟布料製作的深藍色和棕色禮服。感情沒有柳利深厚且未婚的朋友開心地接到了新娘捧花。捧花也是韓亞親自設計的，她沒有使用塑膠，僅用亞麻蝴蝶結綁了一束五顏六色的花。食物也大獲好評，就連證婚人也很喜歡海藻刀削麵，還稱讚味道非常鮮美。這就是韓亞一直期盼的婚禮。

自己辦婚禮非常勞心傷神，要做的事也很多。婚禮結束後，韓亞和京旻休息了兩天。他們打掃好天臺，把借來的椅子、樂器和音響設備還回去。睡了一天後，用環保洗碗精洗了所有泡在洗米水裡的餐具。兩個人喝著茶，握住彼此洗完碗後變得冰涼的手。

韓亞和京旻難以抉擇新婚旅行要去馬爾地夫還是威尼斯，因為這兩個地方幾十年後都會被水淹沒，從此消失不見。

「兩個地方都去不就好了嗎？」

「但我不想坐太多次飛機。」

「為什麼？」

「因為航空燃油的消費增加也是造成地球暖化的一個原因。」

「那這兩個地方妳更想去哪裡？」

韓亞喜歡大海，所以最終選擇了馬爾地夫。

韓亞枕著京旻的手臂，躺在馬爾地夫的沙灘上，她看向可愛的伴侶的臉，看到了與那張臉原來的主人完全不同的人。韓亞覺得自己愛上了那張臉背後的存在。那種愛一點也不混亂，可以用語言明確表達出來。就算眼前的外星人沒有京旻的外表，只是一塊石頭，自己也會愛上他。

「京旻啊。」

雖然這是一個熟悉的名字，但每次說出這個名字時，韓亞都沒有想起過名字原來的主人。在韓亞看來，京旻這個名字並不是一個專有名詞，而是普通名詞，是一個擁有特別的愛的名詞。現在，只有眼前這個人才真正擁有那份愛的所有權。

在這個終有一日會消失的島嶼上，擁有不會消失的愛的兩人睡著了。京旻喜歡像人類一樣入睡，不光喜歡單純地進入無意識狀態，更喜歡模仿人類闔上雙眼、舒展身體的動作。韓亞也喜歡京旻遠離世間的悲傷與痛苦，安然入睡時的放鬆表情。每當這時，韓亞都很慶幸他來到地球。京旻進入夢鄉，無意識地與大家相連，他的幸福變得越來越傲慢。你們羨慕嗎？那就趕快出發吧！留下燃燒的白色腳印，努力奔向幸福吧！

醒來後，等待他們的是溫暖的大海。為了保護珊瑚，他們沒有塗防晒霜，上岸後在陰涼處晒乾身體。親吻彼此的肩膀時，還會嘗到鹹鹹的味道。如同巨大柳丁糖般的太陽西下後，嘴裡的鹽分會誘惑他們去喝一杯用龍舌蘭調成的雞尾酒。夜晚他們回到房間，親吻彼此，戀人的唇間存在著一片宇宙。

回國後有很長一段時間，韓亞和京旻會在日復一日的生活中樂此不疲地聊著旅行時的風景。

41

時隔很久，政奎打電話來，他為收到喜帖但沒有出席婚禮道歉。但這不過是形式上的問候，韓亞和京旻很清楚他真正的用意是想確認他們結婚是否存在強迫，以及京旻是否有意圖侵略地球。所以韓亞也很形式的表示感謝，並提議有時間可以一起吃頓飯。

「那個粉絲團會長過得還好嗎？」

「最近很少聯絡，最後一次聯絡她時看起來很開心。她現在是經紀人了。」

「嗯，看來我也該轉行，這工作太不適合我了……」

雖然政奎的口氣泰然自若，但京旻從中感受到壓力與煩惱。京旻心想，應該幫他介紹一份好工作。

韓亞的生活一如既往，依舊專注於工作。對她而言，工作都是首要的，這一點不會因為嫁給外星人而改變。即使西橋洞有很多店鋪倒閉又重開，但韓亞的小店始終堅守在原地，且一直存在於那一區的簡易地圖中。訂單源源不斷，而且都是很有意義的委託，只是收入不多。即使如此，也還是能持續捐款給國內的環境團體。收入比平時多時，還能捐款給幫助難民的團體。

「有時候，我會為生為地球人感到丟臉，到現在還有人在互相殘殺。」

「不用覺得丟臉。雖然地球還不夠和平，但它仍是一顆經常會誕生出偉大思想的美麗星球。妳和娥蘇拉．勒瑰恩住在同一個星球好幾年呢，這是很值得驕傲的事。那群蠢蛋，竟然直到最後都沒有給她諾貝爾文學獎。」

京旻越來越了解地球的文化，他用奇妙的方式安慰了韓亞。

週末韓亞去看自己父母時，京旻也會去見前京旻的父母。

「你為什麼老是去他們家啊？要是被發現怎麼辦？原本他和父母的關係就不好，你經常去看他們，人家不會起疑嗎？」

韓亞很擔心。

「這個嘛，因為京旻的繼母收藏了一套非常酷的茶具……」

「什麼？」

京旻和繼母竟然愛好相同。真不知道京旻是何時對地球的陶瓷工藝產生了興趣，他不僅陪繼母一起去逛二手市場，還會一起用精挑細選的茶具喝下午茶。聽京旻說這是他生活中的一件樂事時，韓亞有點哭笑不得。韓亞也陪京旻回去過一兩次，看到毫不知情的婆婆與並非繼子、而是外星人的京旻深入探討地球的美麗陶瓷工藝時，心裡很不是滋味。她甚至想告訴婆婆，那不是京旻……你們的關係才沒有改善……

沒過多久，婆婆開始寄泡菜到京旻家。

「妳這孩子，泡菜料也剩太多了。」

聽到婆婆叫自己「孩子」，韓亞很驚訝，但並不反感。逢年過節或祭祀時，京旻和韓亞也不用回家，他們只會偶爾回去看看婆婆的陶瓷收藏，然後帶回各種不同的泡菜。韓亞欣然接受了這種因京旻而建立的、意想不到的關係。

「最近看到你和繼母相處很融洽，我很欣慰。她真的很孤單。」

看到京旻的父親紅著眼眶說出這句話時，韓亞心想，現在的京旻能為拋棄一切逃走的京旻彌補些什麼，也是件好事。這或許就叫作善意的謊言吧。

「我發現了一家很好吃的豆腐餐廳，您要不要一起去試試？」

京旻似乎很喜歡陶瓷和用黃豆做的食物。看到他像新羅時代的人珍視從阿拉伯運來的玻璃器皿一樣，小心地使用陶瓷餐具，以及像煮魔法濃湯那樣攪拌豆渣湯時，都讓韓亞覺得很無言，卻也更愛這個外星人伴侶了。

42

柳利的女兒健康地成長著，她有著媽媽般耿直、大膽的性格，和像爸爸一樣精力充沛的身體。與孩子相處成了韓亞和京旻的一大樂事，也托他們的福，柳利和丈夫才可以趁機喘口氣。

「陪柳利的女兒玩時，我想到了一件事……」

韓亞剛開口，京旻便做出了彈簧般的反應。

「妳想要孩子沒問題，但不可以直接懷孕，那樣太危險了。真搞不懂人類為什麼到現在還這樣生育。如果可以用外部培養器，我贊成生一個孩子。」

「你先聽我把話講完。我不認為一定要建立一個跟所有人都相同形態的家庭。」韓亞對京旻的過度解讀微微皺起了眉頭。

「我不是想要孩子，我是覺得應該把我們擁有的資源分享給下一代。我們這棟大樓不是都空著嗎？應該好好運用。」

因為地下室放著潛水艇兼太空船，還有很多特殊物品，所以原來的房客搬走後，空房便沒有出租了。

「那妳想做什麼？」

「我想辦青少年之家，也可以讓那些成年後必須離開育幼院的孩子，在出社會前住進來。」

用宇宙的基準來看，兩人仍負債累累，即便是以地球的標準，他們的經濟狀況也不穩定。但他們還是決定把大樓改造成幫助青少年的場所。

「既然我嫁給了壽命長的石頭，應該不用準備養老了。」

「不要叫我石頭，聽起來有點貶低意味。」

「那要叫什麼？」

「礦物或岩石……不是有很多詞彙嗎？反正我就是不喜歡石頭。」

「好吧。」

兩個人吵吵鬧鬧地布置好了所有房間。韓亞還覺得可以拓展其他業務範圍，除了青少年之家，她還籌備起獎學金制度和創辦從寶特瓶提取纖維的公司。這樣一來，也可以為剛出社會的年輕人提供就業機會。韓亞的公司逐步邁入回收再利用的多個領域，但由於缺乏資金，事業幾度面臨危機。幸虧京旻在通過嚴格的考核、獲取了幾項到期的宇宙專利使用權後，才驚險度過了這些危機。

住進青少年之家的孩子們，在韓亞和京旻，以及幫助他們的地球人和外星人的細心呵護下，度過了健康的青少年時期。有的孩子很快離開了那裡，但也有人留下來繼續念大學，還有人畢業後直接進入了韓亞的公司。

「阿姨，等我長大以後，也可以去妳的公司工作嗎？」

聽到柳利的女兒這樣問，韓亞笑著回答：「如果妳喜歡的話。」

這樣的約定會不會實現，都是很久以後的事了。

雖然韓亞從沒想要得到什麼認可，還是獲得了社會優秀企業家的殊榮。

星期五是韓亞和京旻約會的日子。這天兩人會特地去看一部Ｂ級科幻片。本來看電影的目的是為了娛樂，看到荒謬的設定會讓人開懷一笑，但偶爾也會被電影中準確的資訊嚇到。

「我就說地球人的第六感很準了。」

「宣傳說是Ｂ級片，但一點也不Ｂ級！」

兩人在夜空下散步，感嘆著其他人毫無察覺的情節。這樣的星期五持續了十年，沒有人感到膩煩。

很明顯地，韓亞沒有京旻感嘆的地球人的第六感，因為她絲毫沒有預感到，那天是一個非常不同的星期五。她就像沒有預感到地震而死掉的地下動物和沒有躲避山火、一直粘在樹上的無尾熊。如果事先知情，她一定會逃走，一定會抓住京旻的手，頭也不回的逃走。

「你能不能更新一下身上那層皮啊？別人看了還以為我在包養你呢。現在大家都叫我老闆了，我可不想被人誤會。」

「是該更新了，但那也很花錢。」

「現在外表雖然看起來很有能力，但跟我也太不搭了。看來人還是要和同年齡的人相處……」

「妳這樣講，好像我很討人厭。」

「年少無知的我竟然嫁給了一塊上了年紀的大石頭。」

「不要再嘲笑我了。要是換算一下，我比妳還年輕呢。」

兩人挽著手、有說有笑地依偎著彼此，甜蜜地憧憬著未來。京旻時不時在人煙稀少的街上停下腳步，把鼻子貼在韓亞的頭髮上。事實上，發揮鼻子作用的器官長在其他地方，但他還是會模仿地球人表達愛意的方式。在旁人眼中，他們就是一對可愛的同類物種。

只專注於彼此的兩人根本沒有注意到站在公寓門口的那個人，但就算看到了，也肯定認不出來。倚牆站著的人用嘶啞的聲音喊道：

「韓亞！」

韓亞轉過頭，看了半天才認出那張她以為再也不會見到的臉。韓亞從那張改變不少的臉上看到了熟悉的輪廓，那是自己現在深愛的人的臉，是不能與之共存的臉。韓亞聽到身旁的京旻發出了微弱的呻吟聲。

不該回來的人回來了。

那個輕浮的靈魂，那個名字和臉的主人違反了合約，以變化極大的樣貌出現了。

這一刻是韓亞想像過無數次的畫面。關於背叛與拋棄，她有太多的話要說，而且準備了好幾個版本。但那樣的時期過去後也淡忘了，因為她迎來了更美好的日子。正因如此，時隔多年後當這一刻真正來臨，她才會這樣瞠目結舌。

取代那些字句的，是韓亞脫下有著堅硬鞋跟的短靴，用力丟了出去。鞋子正中原來的京旻胸口，發出一聲悶響。韓亞同時發出近似咆哮的悲鳴，連她自己也被那聲音嚇到了。因為她恍然醒悟，自己並沒有整理好那些情緒，被封藏在內心深處的情緒此刻又湧現出來。韓亞無力面對眼前的一切，她拖著只穿著一隻鞋的腳一拐一拐地走進公寓。進了家門，韓亞轉念一想，不如衝出去質問他為什麼回來，叫他滾回宇宙去，但最後還是咬牙忍住。

「你還好嗎？」

外星人京旻走到原來的京旻面前。兩個人看上去完全不同，所以一點也不像撞臉情節的電影。原來的京旻頭髮灰白，臉色比死人還難看。方才站在遠處的韓亞被憤怒沖昏了頭，所以沒有注意到。其實只要仔細觀察，便能從京旻的站姿看出他的骨骼有很嚴重的問題。

「不能，連呼吸都很困難。」

即使在這種情況下，原來的京旻還是勉強地笑了笑。外星人京旻趕緊攙扶他到地下室。韓亞丟出的短靴對京旻造成的衝擊遠超乎她的想像，如玻璃般脆弱的肋骨被打斷了好幾條，就算原來的京旻立刻化成灰也不足為奇。

X

韓亞把歸來的京旻稱為「X」。因為不必當面叫他，所以僅以第三人稱稱呼他，她用單一且常用的字母，抹去了過去與之相處的時光。韓亞無法喚他京旻，叫不出口，因為京旻這個名字是她呼喚自己一直持續愛著的那個人的名字。這個名字再也無法還給原來的主人了。

「連名字都被搶走了呢。」X沒有惡意，笑瞇瞇地說。

看到他即使遍體鱗傷也不改輕浮的態度，韓亞很生氣。京旻也是。

「你到底是怎麼想的？我不是告訴你服用我給你的藥後，中途要適當休息嗎？你這種旅行方式，當然會搞垮身體。我分明警告過你，也強調過很多次了啊！」

X依舊用一臉迷茫的表情辯解：「我停不下來。不是都說江山易改、本性難移嗎？強烈的好奇心促使我一直前行，我看到的宇宙星際越來越遠，終於抵達了人類從未到過的最遠邊界。」

「那你幹麼回來？」

韓亞的問句含有的不是疑惑，而是抗議。京旻看到X的神情，默默走出了地下室。

「在某一個瞬間。」X躺在長椅上，頸骨彎曲得十分怪異，他張著乾裂且凝結著血跡的嘴唇：「在某個瞬間，我突然意識到妳徹底忘記我了。雖然無法解釋，但在那之後，我很清楚妳不會再想起我了。那是一個徹底被遺忘的時間點，非常真實。我知道這很不科學，但我真的就像被狠狠擊中了一般。」

「我有必要一直想著你嗎？你都走了，我為什麼要想著你？」

韓亞覺得胃液倒流，連X的雙眼都無法直視。

X沒有回答。

「原本我已經快要原諒你了，你卻這樣突然出現……我不知道還能不能原諒你。」撂下這句話，韓亞也走出地下室。

「妳應該原諒他。」京旻一邊收拾行李，一邊說。「他到了宇宙的盡頭，但還是為了妳返回地球。這不是普通人類可以做到的。」

韓亞努力捕捉著京旻的視線，京旻卻一直迴避她。

「你怎麼能這麼說？你剛才為什麼走開？他哪有資格這樣做！」

「我有愧於他。」

「那是公平的合約，我反倒覺得吃虧的是你。」

「我警告過他……也知道那樣很危險，更知道在充滿好奇心、沒有能力承受宇宙的物種身上經常發生這種事，但還是和他簽了約。因為我羨慕這個位置，羨慕能陪在妳身邊的位置。我無法欺騙自己。」

「這是他自己的選擇。我無法面對他那張臉，即使是同一張臉，我再也……」

「韓亞，別這麼殘忍。」

「別走。如果你真的有愧於他，就留下來替我照顧他，我連照顧他的方法都不懂。」

「我也束手無策。他已經過了可以醫治的階段……時間不多了，妳就陪在他身邊吧。只有妳可以這樣做，他是為了妳回來的，返程的路比我們想像得更遠，比我來時的路還遠。」

京旻吻了韓亞的額頭。他明知道韓亞討厭親吻額頭，嘴唇還是像失控一樣追隨著閃躲的韓亞，輕輕印下一吻。韓亞很痛苦，但同時也理解了京旻的痛苦。對京旻而言，近距離看著自己與X相處是難以忍受的，這和來地球以前從遠處觀望的痛苦截然不同。

「你要去哪裡？」

「西伯利亞或非洲……很多地方我都沒去過，所以打算去很遠的地方看看。」

京旻強顏歡笑，模仿人類憐惜地撫摸韓亞的臉龐。但他的手掌並沒有觸摸到韓亞，而是觸摸著韓亞周圍的空氣。韓亞的心更痛了，她望著走出家門的京旻，想要說些什麼。

「你……」

但韓亞沒有找到適當的動詞或形容詞。

……是你。

自始至終都是你，在遇到你以前就是你。我以為這是從他身上轉移的愛，但我錯了。

這是更完整、更獨一無二、更新的感情。所以，是你，以後也永遠是你……韓亞想把這些話告訴京旻，但始終沒有說出口。即使是這樣，京旻也能明白韓亞的心意。

45

柳利送來了食物。京旻走前準備了一些醫療用品，柳利又幫忙買了些必需品。她為自己勤快地幫忙做了解釋：

「我做這些都是為了妳，才不是為了讓那個傢伙好過。」

柳利用極度冷漠的眼神瞥了一眼X，打了聲招呼。事到如今，X也沒有餘力做什麼了。韓亞久違地感受到他們之間存在的無聲的矛盾，原本他們就是這樣的關係。

韓亞和柳利決定關店休息一陣子。討厭歸討厭，她們還是不忍看著X一個人在那裡等死。柳利一直陪在韓亞身邊，這讓韓亞很感激。

「對不起，其實妳沒必要做這些。工作受到影響了吧？」

柳利不以為然地嗤了一聲。

「反正我不在店裡也能工作，當初也是想跟妳作伴，幾天不去沒關係的。再說，妳和我早就超越朋友關係了。」

韓亞忘記自己沒洗澡，一把摟住了柳利的脖子。

「嗯……我愛妳是沒錯，但妳也洗一下頭吧。」柳利輕撫著韓亞的背。

那是第一次X聊起宇宙、在宇宙的所見所聞以及在那裡遇到的人，但韓亞無心聆聽。她早已用望遠鏡開心地觀測過宇宙，而且在她看來，沒有一個人願意跟隨這個拋棄自己的人來地球，這顯得他的一切都毫無意義。關於宇宙，韓亞只問過他一件事。

「為什麼你回地球卻沒有欠債呢？」

「就像妳知道的那樣，去的時候我用了那個人給我的自由旅行券和全部財產。回來時，是阿波羅向我伸出了援手。」

「阿波羅在宇宙很紅嗎？」

「嗯，他和我一起出發時還是新人，但等我要回來時，已經變成宇宙巨星了。阿波羅幫了我不少忙，他身邊還有一個年輕的經紀人，但很奇怪，她總是故意用腳踩我……」

關於宇宙的話題到此結束。也許是去過了宇宙的盡頭，X稍稍懂得察言觀色了，他很快意識到韓亞對這個話題毫無興趣。這段時間等於是韓亞第一次休長假，多少有些焦慮難安，她更想和不知身在地球何處的京旻說話。韓亞安撫著自己不安的心，不停揪著指甲周邊長出的倒刺。面對這樣的韓亞，X很難過。經歷了多次失敗後，他終於找到了能讓韓亞穩定情緒的話題——聊過去的往事。

「妳還記得運動會時，我踢進的那個球嗎？」

「那次你摔倒，結果陰差陽錯地踢了一個倒掛金鈎。真傻眼，大家還把你當英雄一樣揹起來滿場跑。」

韓亞回想起X有如少年般的反射神經和運動神經，既滑稽可笑又很帥氣的倒掛金鈎在腦中反覆重播了幾次。

「那可是在比賽結束吹哨前進的球，當然是英雄囉。」

「你也真夠天真的。」

X努力抓著過去的尾巴不放。

「那妳還記得，妳誤把要傳給柳利的簡訊傳給我，我們還吵了一架。」

「當時真是太尷尬了。我寫了一堆罵你的話，結果卻收到你的回覆。」

「是啊，妳到底為什麼要罵我？」

「誰教你做了欠罵的事！」

「……我做了什麼？」

「好像是你和別的女生一起去江原道，不然就是在江原道認識了別的女生，我已經記不清楚了。」

現在就連聊以前吵架的事也無法激怒韓亞了。兩人就像第一次玩拼圖一樣，回憶著過去瑣碎的點滴。難道X回來就只是為了聊這些瑣事嗎？韓亞雖然心寒，但再也不生氣了。

X似乎在一點一點地縮小，體內的東西逐漸消失，因無法承受內部的空缺，整個身體凹陷下去。除了最初被韓亞用短靴打斷的幾條肋骨，其他骨頭也出現了斷裂。韓亞扶他起來吃飯、用海綿幫他洗澡時，骨頭都會發出「嘎吱」或「嘎嚓」的聲響。雖然聲音很微弱，仍教人難以忍受，最後只好放棄碰觸他了。X拒絕進食，毛孔也像封住般不再流汗，新陳代謝就此停止，再也沒有排洩出任何東西。

「我還是第一次看到這種顏色的尿。」

「是啊，每天都有變化，像彩虹一樣。」

X身體塌陷的速度加快，韓亞感到驚慌失措，X反倒很淡定。柳利帶來了靜脈營養輸液，但X拒絕了。

「我不想一直連累妳。」

「少說廢話，趕快打針。」

「只有我死了，那個人才會回來，妳不是一直在等他嗎？」

韓亞和柳利不顧X的意願，企圖在他無力反抗的手臂上插入針頭，但兩個業餘護理師哪找得到血管，最後不小心又弄斷了X的兩根手指才作罷。

X徹底接受了自己的身體狀態，唯獨捨不得把時間花在睡覺上。即使在睡夢中，他也會突然睜開眼，但他依然做不了任何事。X把手伸向韓亞，韓亞小心翼翼地抓住那如同節肢動物的腿的手。X的手和其他部位都像沾滿了粉末，全身細胞像失去了凝聚力而簌簌落下。就算一覺醒來，發現X躺著的地方只剩下一攤灰，韓亞大概也不會驚訝了。

「我應該就快失明了。」

X希望在徹底失明前看看京旻的潛水艇兼太空船，於是韓亞揹著他仔細參觀了京旻的工作室。雖然這導致身體又多了幾處骨折，但X沒有發出痛苦的呻吟。揹著X的感覺很奇怪，過去他雖不算高大魁梧，至少結實健壯，雖然也有肌肉，但缺少完美的均衡感，正因這種不完美，反倒呈現出好身材。如今X變得如此輕盈。韓亞回想起X曾經揹著自己在海邊奔跑的情景，他每跑一步，腳跟帶起的沙土都會濺到自己身上，那時X的大腿看起來多強壯啊……現在韓亞卻覺得自己揹著一個紙黏土人偶。

「我還想看看裡面。」

X躺在小型太空船裡緩慢地觀察著，看到他臉上浮現淡淡的微笑，韓亞知道他回想起了很遙遠的地方。從那一刻起，太空船成了X此生最後的一張床。

從狀態很糟糕的頭髮和眉毛開始，X全身上下的體毛幾乎都離開了他的身體。那些體毛不是從根部直接脫落，而是從另一端一點一點掉下來。韓亞伸手想撿，但當手碰觸到那些體毛時，體毛又碎了，隨即消失不見，彷彿從未存在過。

X的皮膚變得極度乾燥，很像蠟淚，身體的各個部位凹了下去，也有幾處骨頭變得更凸出，整體來看，就像一個製作失敗的人體模型。X承受著巨大的痛苦，但比起身體的痛苦，他更為占用韓亞的時間而感到內疚。如果你沒有離開，我的一生都是屬於你的。韓亞始終沒有說出這句殘忍的話，她只希望此時的X能稍微好受一些。

視力退化的速度有所減緩，X用稍微失焦的眼睛看到了韓亞。

「我承認是我放開手的，是我錯過了妳。但妳知道我是真心愛妳的嗎？」

「不要再說這種沒有意義的話了。」

「不，我要說。我知道這樣講很老套，但到了世界……不，是宇宙的盡頭，我才意識到讓妳知道這件事，對我有多重要。」

「現在知道了，我都知道了。」韓亞隱約了解了他的真心。「我知道你在自己能力範圍內盡了最大努力。我很感激你。」

「對不起，我是一個不夠努力去愛的人。但幸好妳遇到了他，雖然他是一個什麼都不懂的外星人。」X流露出安心的表情，接著補充道：「那時，我用一切和他交換，並不是出於自私，而是我知道再也不能為妳做什麼了。即使妳不說、沒有表現出來，但我還是很在意，我可以感受到妳在苦心維持我們的這段感情。」

「沒錯，那時候我的確是在苦心維持我們的感情，而且已經疲憊不堪了。」

韓亞回想起恍若前世的過往。

「現在不會了嗎？」

「嗯，嚴格來講這不是很自然的關係，但還是覺得像呼吸一樣自然，而且和他有聊不完的話題，每天有說有笑，不必再彼此折磨了。我都無法估算，京旻可以愛一個人到何種程度。」

聽到曾經屬於自己的名字，X失焦的雙眼動搖了，他艱難地開口：

「……可以再用那個名字……呼喚我一次嗎？」

韓亞不得不再次為這個人努力，當「京旻」二字脫口而出時，胃腸的扭曲令她痛苦不已。

「等我死後，可不可以把我送往宇宙，不要葬在這裡？就算是死了，我也希望能遵守約定。這裡已經是屬於他的地方了。」

韓亞心想這件事應該不難辦到，就答應了他。

「可以請他一直使用這個名字嗎？我很開心看到在妳身邊的人使用我的名字，雖然這個名字不會再讓妳想起我。」

韓亞遲疑了一下，因為她清楚地看到X與京旻之間的差距，也覺得就此抹去X的死與消失不合乎情理。就算日後京旻以完全不同的容貌和名字回到自己身邊，韓亞也有信心可以認出他，並再次愛上他……

韓亞替京旻回答：「好的，我答應你，做為最後的補償。」

「我的三個願望已經實現了。我還有最後一個請求，但妳不答應也沒關係……可以再吻我一次嗎？哪怕是以百分之一秒的速度。」

韓亞為了不讓頭髮滑下來，一隻手抓著頭髮低下頭，快速在X的嘴唇親了一下。沒有任何感覺的一個吻，就像X的嘴唇不存在。

如同句號的一個吻。一切就此結束。

那天晚上，X死了。

47

回、來、吧——

韓亞站在天臺，無聲地呼喊。電話打不通，所以不知道京旻去了哪裡，顯然他這個小氣鬼沒有申請國際漫遊。韓亞知道京旻走到哪都會帶著望遠鏡，於是變換不同的方向向他傳送訊息。幾個小時過去了。

「趕快回來，你這個笨蛋！」看不下去的柳利乾脆喊了出來。

「他聽不見的。」

「我知道，但我受不了了。」

「已經五天了，他怎麼還不回來？現在一切都結束了啊。」

韓亞不解，明明是京旻要自己守護X直到臨終，現在為什麼不回來呢？

「喂，嚴格來說還沒結束，屍體還躺在地下室，怎麼能算結束呢？」

X的遺體保管在地下室，幸好小型太空船有冷卻功能，可以封存遺體。X死後，韓亞立刻關閉了太空船，再也沒打開過。透過厚厚的玻璃窗隱約可以看到X的身體停止了收縮。沒想到生前到處遊走的身體，現在卻以靜止的狀態停留了下來。

「屍體就那麼一直放著也不是辦法啊！」柳利催促道。

她知道韓亞表面看起來沒事，其實已經心力交悴，是時候為朋友挺身而出了！所謂的挺身而出，就是立刻採取棄屍行動。事情怎麼會變成這樣……柳利自言自語。做好心理準備後，她拉著韓亞來到地下室。

「說明寫得很詳細，比想像中簡單。」

衝在前頭的柳利快速看了一遍太空船說明書。京旻把操作步驟詳細地寫在上面，太空船只要能在五十公尺左右的水面上快速行駛，就可以一飛沖天。京旻還在說明書最後附上了五個可當作跑道的候選地點，都是遠離民航機場和軍事管制區雷達範圍的海邊和湖畔。

「他做這些準備，應該是料到會發生這種事。」

韓亞胡思亂想，覺得忐忑不安。

「這是之前為了逃生準備的。京旻做事嚴謹，他是擔心自己發生什麼意外，才提早做好準備。妳別胡思亂想。」

「那他為什麼不回來……」

柳利察覺到韓亞的不安在擴大，於是用比平時更加堅定的語氣說：「他也需要時間整理思緒吧，經歷了這種事，相信你們的關係會更牢固的。」

一切準備就緒後，兩個人順利把那艘不知道該看作太空船還是棺材的東西運上租來的貨車。柳利上樓幫韓亞拿了厚毛衣，還讓她戴上口罩。萬一被監視器拍到就麻煩了。當天的霧霾數值很高，戴口罩不會引起懷疑。柳利也把夾克拉到最頂端，盡量遮住了臉。

「我們就去最近的地方，現在馬上出發，天黑前應該能到。最近也不是旅行旺季，不會有什麼人。」

韓亞沒想過自己這輩子會有機會開大車，所以只考了普通小型車駕照。雖然柳利也沒有想過，但幸好她順便也考了大客車駕照。柳利駕駛著貨車，小心翼翼地開在路上，嘴裡不停罵著京旻：「等你回來，你就死定了！」

目的地空無一人，水上休閒設施正在休業狀態，周圍的餐廳也都停止營業了。韓亞稍微鬆了口氣，眼前荒廢的景象就如同自己的內心。她打開一包香蕉餅乾和一瓶青島啤酒放在貨車上。

柳利覺得很無言。「這是什麼？祭祀？」

「嗯，都是他平時喜歡吃的。」

看韓亞魂不守舍的樣子，柳利沒再多說什麼，她拿起一瓶啤酒咕嘟咕嘟灌了幾口，然後碰了一下擺在貨車上的啤酒瓶。

「生前那麼討厭你，真是對不起了。下次再見……應該也會很討厭你，所以我們千萬不要在同一個地方投胎轉世，你最好也不要再遇到我們韓亞。」

柳利一如既往地坦率。

「希望來生你可以更愛自己所屬的地方，或遇到可以一起旅行的人。雖然你不喜歡這裡，我也不是那個人，但來生一定會……」

韓亞撫摸著有的部位冰冷、有的部位炙熱的太空船，向X做了最後的道別。

她想起把潛水艇改裝成太空船的京旻，我們的愛情是不是花了太多費用呢？無論是有意還是無意的。既然如此，你是不是更應該回來呢？韓亞沒有出聲，只是動了動嘴唇。

韓亞和柳利把太空船運往水面，簡單地設定好外部裝置，她們沒有設定明確目的地，只將方向朝向宇宙。小型太空船變成了一具到過宇宙盡頭的地球人的棺材，它在水面上行駛一段距離後，輕盈地一飛沖天。

兩個女人在水深至膝的水裡站了良久，直到黑暗中再也看不到水平線。韓亞再次覺得眼前的景象，像極了自己的內心。

韓亞減少了工作量。青少年之家和公司請了很多人幫忙，所以她只需要出席一些重要會議就好。雖然大家看出韓亞經常在會議上失神，但並沒有多想，沒有人知道發生了什麼事，大家都以為她只是疲勞過度。

韓亞望著飄在空氣中的灰塵，有時連眼睛也不眨一下。她不吃飯，反倒喝起放在抽屜裡的烈酒，還常喝到吐。久而久之，韓亞甚至習慣了不出聲地嘔吐。只有柳利看出了韓亞的問題。

「妳不是一直都很討厭家裡的人喝酒，怎麼妳也開始喝起來？」

「人都有反常的時候，一輩子只想著保護什麼，但也有想搞破壞的時候。」

「那我陪妳一起搞破壞。唉，我的肝細胞。」

韓亞和柳利不分酒精度數，從高到低，從冷到熱，沒日沒夜地酗酒。有時醒來，都分不清是日落還是日出。

「我們的店，不如重新開張吧？」

柳利的隨口一問，韓亞裝睡沒有回答。

看到韓亞至少吃了點下酒菜，並確認她睡覺時不會氣管堵塞致死後，柳利才起身回家。韓亞討厭清醒，她望著空氣中的灰塵想，我們遲早都會化成灰的。她像枕頭一樣躺在無人的家裡，一動也不動。雖然腦袋告訴自己必須動一動、出門走走、不能給別人添麻煩……但四肢就跟斷了線似的不受控。

韓亞的宇宙逐漸縮小了範圍，最後變成了這個家，然而現在這個家也在漸漸捲入自己體內。韓亞感覺自己會變成一個點、一粒灰塵，最後失去一切的意義。

人們打電話來或敲門，韓亞都假裝不在家。她想，宇宙應該有很多生物會假扮成寄居蟹吧，躲在沉重的外殼裡，藏起自己的四肢。自己成為其中之一又有什麼不好。韓亞始終沒有食慾，她也想吃點東西讓柳利安心，但還是什麼也沒吃。

變成一個點之後就是死亡嗎？京旻會在我死後回來嗎？難道外星人也喜歡這種悲劇？如果真是這樣，京旻會為我打造怎樣的棺材呢？我可不喜歡會飛的棺材。韓亞在思考怎樣的棺材最環保時，突然失去了意識。

韓亞在強烈的光線和醒酒湯氣味中睜開眼，房間裡充斥著燉煮豆芽、大蔥和蘑菇的清爽香味。

因為背光，很難看清廚房裡的那張臉，但韓亞還是認出了那個人，就連那抹如絲般的微笑也清晰可見。誰也沒有先開口說話或走向對方，最後京旻打破寂靜，在牙刷上擠上適量的牙膏，遞給韓亞。

韓亞覺得自己似乎可以一直持續刷牙的狀態，即使辛辣的牙膏泡沫不斷溜進喉嚨，眼睛也很辣，還是無法停下。京旻從身後抱住韓亞，韓亞即使透過鏡子，也不敢直視京旻的雙眼。

「妳很難過吧？」

韓亞沒有講話，她吐出泡沫代替了回答，用漱口做為發問。

「我覺得我們需要一個分水嶺，我不能參與那個人最後的人生。我們因他而相遇，這已經讓妳混亂了很久，所以我希望這次可以好好地告一個段落，徹底畫下句點。即使我回來了，也不是取代那個人。但這麼做讓妳很難過吧？」

「……我以為你不會回來了。」

可能是太久沒有講話，又或是太常嘔吐的關係，韓亞的聲音聽起來很奇怪。

「怎麼可能。」

「我相信你會回來，但不知道你何時會回來，既相信又不完全相信。」

韓亞就像壞掉的鯨魚翻譯器。

為了安慰韓亞，京旻在她脖子上輕輕一吻，然後鬆開手臂把韓亞轉過來，又從正面抱住了她。這是京旻回來後的第一個吻。

啊，他的嘴唇就在那裡。

那是極具存在感的嘴唇。韓亞閉上雙眼，感受到京旻炙熱的雙唇碰觸到自己冰冷濕潤、帶有牙膏氣味的嘴唇。那感覺很奇妙，京旻的嘴唇似乎比離開前粗糙了些，甚至能清楚感受到上面的唇紋。韓亞的世界從京旻的雙唇之間大爆炸，重新膨脹開來，她重新擁有了房子、星星和無限延伸的航道。韓亞呼出一口氣。那是宇宙般的嘴唇。

即使那雙嘴唇是按照某人的唇型設計的，即使那只是一層表皮，現在都不重要了。如果無論如何都無法擺脫那層表皮的話，就欣然接受吧。哪怕超越了地球、銀河系和二維空間，也一定存在著更大的未知世界。對韓亞而言，她只有現在、這裡和京旻的嘴唇，那是從遠處飛來的嘴唇，以韓亞為中心公轉的嘴唇，離開後也會返航的嘴唇，僅為一個人存在的嘴唇。那充滿感情的嘴唇，再也無法稱之為假冒的嘴唇了。

「那你現在畫下那個句號了嗎？」韓亞稍稍退後，問道。

「嗯。我打算把望遠鏡放進箱子裡，再也不想從遠處看著妳了。」

韓亞依偎在京旻懷裡，聞到從京旻的舊毛衣上散發出灰塵、風和時間的氣息。她靜靜感受著那瞬間彼此完美的默契。是宇宙設計、裁剪和縫製了他們。韓亞感嘆著那一手自己無論如何都學不來的奇妙手藝。

自那之後，那一天成了他們開啟美好生活的第一天，那個吻成了無數次親吻中的初吻。雖不常見，但某種愛情的確存在著穩定性，它不會動搖也沒有曲折地持續著。

這就是在宇宙邊際發生的，沒有人記得的愛情故事的開始與結局。

後記

二〇八五年，幸好地球尚未滅亡。

但對京昊而言，他的地球很快就要滅亡了，因為韓亞正躺在床上，面臨生命的盡頭。因為覺得此生無憾，所以韓亞拒絕了延命治療，她決定留在生活了一輩子的家中安靜走完人生的最後一程。雖然韓亞喜歡古老的東西，但她也知道無能為力時應該選擇放棄。身體早已變成了監獄。人們紛紛來與韓亞做最後道別，看到自己走後還會有這麼多人留在地球，她既驚訝也很高興。

訪客們走後，京昊用雙手握住韓亞的手，將額頭貼在上面，緊閉的雙眼皮上一道道皺紋清晰可見。為了配合韓亞衰老的步調，京昊定期更新「外套」，但他衰老的容貌背後卻難掩閃著綠光的、年輕的愛，韓亞深愛的伴侶看起來那樣深情。韓亞可以聽到自己急促且吃力的呼吸聲，如果現在閉上眼睛就再也看不到他了。韓亞支撐著，想再多看一眼京昊。

這時，京昊睜開了眼睛，低下頭把嘴唇貼近韓亞的側臉，但他沒有親吻韓亞，而是在她的耳邊悄悄地說：

「韓亞，和妳相處的這段時光，我很開心。」

我也是，韓亞動了動嘴唇。

「從現在開始會更開心的。」

嗯？韓亞抽動了一下身體。什麼意思？

「等妳睡著了，我會帶妳去見轉移專家。」

轉移，不知道是什麼樣的轉移。

「到時候妳會擁有可以承受宇宙的、非常結實的新身體。別擔心，轉移後流失的記憶不到百分之零點八。這點流失率我們還是可以承受的。」

韓亞想拒絕，但內心的抵觸只讓她發出了微弱的呻吟。京旻面帶微笑撫摸著韓亞的額頭，他的動作如此溫柔，韓亞卻對這段走過二十一世紀的關係產生了懷疑。

「妳沒必要產生抗拒心。仔細想想，這和妳做的事情也差不多。妳不是也讓很多可愛的東西重獲新生了嗎？妳就同意吧。」

我不同意的話，你就不會對我出做這種事嗎？韓亞用眼神問道。

「嗯，其實妳在文件上已經同意了。還記得嗎？我們結婚時不是和證婚人簽了一份宇宙通用語的文件。」

韓亞想起來了，當時京旻說那只是一份簡單的申請書，所以沒有起疑就簽了字。韓亞跳了一輩子的心臟咯噔了一下。

「妳也為留下來的我想一想，沒有妳的話，我怎麼活下去呢！」

京旻的眼裡流出了眼淚。雖然韓亞知道那不過是一個設計完美的裝置，但看到京旻傷心的樣子還是心軟了。可是，也不能這樣對我吧？這個不能信任的外星人！韓亞作夢也沒有想到自己臨終前會如此委屈和無言。

「有件事一定會讓妳改變想法的。」京旻的眼睛突然變得閃亮亮。「柳利和她的丈夫已經先去了。等我們到了那裡，他們就會醒來。柳利想都沒想就同意了。妳難道不想跟他們重逢嗎？」

京旻竟然出了這張牌。韓亞徹底洩了氣，氣得差點直接斷了氣。她很想柳利，很想那個先離開十多年的朋友。雖說畫家多是享樂主義，柳利卻沒能活到水墨畫家的平均壽命。沒過多久，大受打擊的丈夫也隨她而去了。那算是自然死亡嗎？韓亞突然搞不清楚了。

不管怎樣，沒有柳利的晚年生活非常寂寞，她離開的空位是京旻也無可取代的。好想見到柳利，哪怕只有十分鐘也好。好想和她聊天，哪怕是聊一些毫無意義的事情。好想跟柳利一起痛罵京旻，狠狠地罵一罵這個蠢到家的外星人。柳利一定會站在自己這邊的，一定……會吧？唉，無所謂了。

「如果我們能重逢，一定會很有趣。這下妳肯同意了吧？」

雖然韓亞對柳利在死前與京旻結盟感到不滿，卻也無法拒絕京旻的提議。京旻的掌心溢出綠光，兩個人握了握手。那道光轉移到韓亞的掌心後，隨即漸漸消失。

但話說回來，費用不會很貴嗎？我們不會又欠下很多債吧？韓亞用同情的目光望著為了還債，在地球用盡一生時間的京旻。

「老實說，我們會欠下直到宇宙消失也還不完的債，但等妳有了結實的身體後，我們可以慢慢還。」

京旻笑了。那笑容如此年輕，隱藏得這麼徹底簡直就是奇蹟。韓亞也笑了，但伴隨著笑容，她的呼吸變得越來越緩慢。韓亞知道自己再也撐不住了，她用調皮的眼神最後看了一眼京旻，然後闔上了雙眼。

在韓亞的心臟跳動最後一下時，京旻喃喃地說：

「重生，重生，妳將再次重生。」

作者的話

三十六歲時重新修改二十六歲寫的小說，是一個非常有趣的體驗。

我從這個故事，重新看見了對於過往自己的認同和不認同。在寫作上，我希望可以成為越來越細膩、豐富的作家，但也不會因為寫了這種微不足道的愛情故事而感到羞愧。

我喜歡像蒐集鈕釦一樣蒐集人名。我遇過幾位名叫韓亞的女孩，她們都是很酷的女性，所以一直很想用這個名字當主角的名字。

京旻的名字來自於小時候住在我家樓下一起長大的小妹妹。這是一個總是充滿活力與才氣，無論男女都可以使用的名字，所以我開心地借用了一下。但要說明的是，人物其他的部分，也就是「朋友看不順眼的男友的各種面貌」，則是綜合了很多人的經驗改寫。這樣看來，這本書大概也能看成是用柳利的視角寫的。

珠映和柳利是我的朋友的名字，很遺憾沒能把她們耀眼的部分全部融入書中。謝謝大家借我用了這些名字十年之久，希望妳們能再讓我多借用十年。

我可能再也寫不出這麼甜美的故事了，但一本足矣，接下來，似乎可以前往更遠的地方了。

二〇一九年夏
鄭世朗

書評

當外星人小王子愛上了地球唯一的玫瑰

作家／許菁芳

假想小王子的玫瑰在地球上——而小王子穿越了廣袤的宇宙抵達這塊土地，終於首次來到他心愛的玫瑰身邊。小王子會做什麼呢？珍重地澆灌玫瑰，為玫瑰打造花罩、樹立屏風，細細地為玫瑰捉蟲，傾聽玫瑰的哀怨、吹噓與沉默。

「因為她是我的玫瑰。」小王子這樣說。

《地球上唯一的韓亞》的男主角正是這樣痴情的小王子。來自遙遠星球，只因為在望遠鏡裡看見了地球上的韓亞，便不顧一切、不惜背負龐大債務，穿越星空來到我們美麗的星球。只為了地球上唯一的韓亞。

這是個浪漫的愛情故事，但也不只是個浪漫的愛情故事。場景既然設在宇宙中唯一的地球，地球上唯一的韓亞也走進了有驚悚元素的科幻小說。為愛走天涯的小王子聽起來好浪漫，但穿越星空愛上妳的小王子，就是個不折不扣的外星人。外星人可不是血肉之軀，他的組成成分是礦石與各種機械裝置，口眼還會噴射綠色的光芒。

甚至，小王子也有恐怖情人的特質——這外星人男主角本質上就是個偷窺狂！外星人身體的一部分熔煉成為望遠鏡，在休息時也不間斷地移動。這望遠鏡一旦看見了韓亞，眼睛就再也離不開她。每天每夜用望遠鏡鎖定著韓亞，直至男主角愛上她，直到外星球上人人眾所皆知，直到男主角再也受不了相思之苦，啟動宇宙之旅。恐怖情人的行徑還不只如此。外星人千方百計地接近了韓亞原本的男朋友，跟他交易，然後穿上了他的人皮，再來到韓亞身邊。

故事至此，從浪漫的小王子急轉直下，突然掉回了百年前的聊齋誌異。古有女鬼穿戴人皮，現有外星人化身歐巴。

說也有趣，無論是畫皮的女鬼，還是穿戴歐巴外衣的外星人，在小說家的筆下，終究沒有離開人間的倫常典範。化身韓亞男友京旻的外星人，既是為愛走天涯，一旦落地別無他想，就是要跟韓亞結婚。但結婚又是什麼呢？跨國婚姻現在已經很常見，跨越文化而幸福美滿的伴侶也不在少數，但跨物種之間的長相廝守，如何進行？外星人京旻決心入境隨俗，首要就是弄顆鑽戒來求婚——只見他大口吞下大量鉛筆，再大口吐出大量鑽石。英諺有云，一人的垃圾可能是另一人的寶藏（One's trash might be another's treasure.）在愛情裡，一人手中的鉛筆還真成了一人口中的寶石。

其實地球上唯一的不只是女主角韓亞。若是真心愛戀，外星人可以追到地球上來，地球人也可以追到外星球去。小說中的痴心人不只有穿戴上人皮的外星人京旻，還有女配角珠映，執迷不悔追星的粉絲團團長。珠映非常喜歡名為阿波羅的獨立歌手，而阿波羅也相當感念珠映的支持。因此，當阿波羅獲得世紀難逢的機會，要前往宇宙巡演時，他非常遲疑是否要讓珠映知道這個訊息。阿波羅假性失蹤之後，珠映果然不屈不撓地追尋他的蛛絲馬跡；而終於，誠感動天（或許應該說天外之天），珠映也受邀前往未知的星體，加入阿波羅的宇宙巡迴。

原來，這故事裡的星星有許多意義：地球的唯一也是宇宙的唯一。若是真愛，在任何星體時空中，都是唯一。

於此，聊齋誌異之外星版，又回到了浪漫小王子的主軸。小王子心中的玫瑰是獨一無二的。無論玫瑰在哪裡，小王子都會無所畏懼地追求——放棄地球上的身體是必然的選擇，甚至不是一種犧牲。聖修伯里筆下的小王子毫無罣礙地受下毒舌之吻，離開肉體，獲得宇宙旅行的可能，返回B612星球上的玫瑰；而鄭世朗筆下的外星人京旻、地球人珠映，也都毫無懸念地放下了原本的身與份，前往浩瀚的宇宙。他們都不害怕迷失方向；愛就是方向。愛原來不是我們肉身可以想像，肉身是用來支持愛的，愛無法被肉身所阻礙。

我想起小王子裡那句經典的愛情金句：「如果你愛著一朵盛開在浩瀚星海裡的花，那麼，當你抬頭仰望繁星時，便會感到心滿意足。」

而地球上唯一的韓亞，也是這樣一朵盛開的玫瑰花。

推薦語

這是一篇可愛的故事，也是一趟名為愛的旅行

作家／黃繭

作者在三十六歲的時候，重新修改二十六歲的稿件。我喜歡作者承認自己筆下故事，她說：「重新看見了自己過去書寫，認同與不認同，也不會因為寫出微不足道的愛情故事，而感到羞愧。」

時間將情感寄託於文字，不斷迭代，並以不同形式展露。回顧過往，將故事一一拆解，你會發現，浩瀚宇宙滿心朝你前來的人，始終都在世界彼端凝視著你。你不知道，他會在什麼時候抵達你的身邊？而近在眼前的人，心也可能已經去到了遠方。

於是有生之年，愛與關係都在不斷地交換，你甚至不確定，我們所愛的人，會不會有一天也默默變成了另一個人。

但是，愛是這樣的，如同故事所描述——愛不愛一個人，身體比心更早知道答案。

我想，無論你是什麼樣的性別、種族、年齡，你要相信，能夠存於「當下」表述愛這件事情，就是我們此生遇見一個人最重要的理由了，我想讀完這篇故事，也許能為你的日常，帶來一點點浪漫與提點。

Twitter讀者讚譽

@daldalin***：鄭世朗可愛的文字把我的心染成了粉紅色。

@twinklese***：就讓我在鄭世朗的世界裡迷航吧！

@height_***：怎麼這麼好讀又有趣！敢愛敢恨的外星人與人類的療癒羅曼史！

@DISCOWDIS**：翻到最後一頁時不禁想，如果可以，好想和外星人交往。

@ISTJ＊＊＊＊：我覺得韓亞是INFP，柳利是ISTJ，京旻是LOVE！LOVE！

@lonewith＊＊＊＊：為了地球而行動的韓亞，為了韓亞的地球而行動的京旻。這是一個美好又溫暖的故事。

@jihoon＊＊＊：「因為我愛上妳，我的星球上所有人都會夢到妳。」——可惡的外星人！也太浪漫了吧！

@lluv＊＊：這個故事最不現實的不是外星人和宇宙旅行，而是京旻的愛！

@hoochoot＊＊＊：鄭世朗怎麼寫得出這種故事？她是外星人吧！

地球上唯一的韓亞／鄭世朗（정세랑）著．胡椒筒 譯．-- 初版．– 臺北市：時報文化，
2022.06；面；14.8╳21 公分．--（Story；048）
譯自：지구에서 한아뿐

ISBN 978-626-335-302-2（平裝）

862.57 111005255

ISBN 978-626-335-302-2
Printed in Taiwan.

※ 本書獲得韓國文學翻譯院 (LTI Korea) 之出版補助.
This book is published with the support of the
Literature Translation Institute of Korea(LTI Korea).

Story 048

地球上唯一的韓亞
지구에서 한아뿐

作者 鄭世朗｜**譯者** 胡椒筒｜**主編** 陳信宏｜**副主編** 尹蘊雯｜**執行企畫** 吳美瑤｜**封面設計** 木木 Lin｜**封面插圖** 日常美學｜**編輯總監** 蘇清霖｜**董事長** 趙政岷｜**出版者** 時報文化出版企業股份有限公司 108019 臺北市和平西路三段 240 號 3 樓 發行專線—(02)2306-6842 讀者服務專線—0800-231-705．(02)2304-7103 讀者服務傳真—(02)2304-6858 郵撥—19344724 時報文化出版公司 信箱—10899 臺北華江橋郵局第 99 信箱 時報悅讀網—www.readingtimes.com.tw 電子郵件信箱—newlife@readingtimes.com.tw 時報出版愛讀者—www.facebook.com/readingtimes.2｜**法律顧問** 理律法律事務所 陳長文律師、李念祖律師｜**印刷** 勁達印刷有限公司｜**初版一刷** 2022年6月17日｜**定價** 新臺幣 380 元｜（缺頁或破損的書，請寄回更換）

時報文化出版公司成立於 1975 年，1999 年股票上櫃公開發行，2008 年脫離中時集團非屬旺中，以「尊重智慧與創意的文化事業」為信念。